Elfi Sinn

Sophie

und die Krimifrauen vom alten Bahnhof

Cosy-Crime-Geschichten

Bibliografische Information der Deutschen Nationalbibliothek: Die Deutsche Nationalbibliothek verzeichnet diese Publikation in der Deutschen Nationalbibliografie; detaillierte bibliografische Daten sind im Internet unter http://dnb.dnb.de abrufbar.

Herstellung und Verlag:

BoD – Books on Demand Norderstedt

Titelbild: Gabriele Barby

ISBN: 9 783 751 968881

Inhaltsverzeichnis

Reingelegt

„Das darf doch nicht wahr sein!" Laura Graf wollte sich gerade von ihrer Freundin Luisa verabschieden, die im Erdgeschoss des Nachbarhauses wohnte. Beide waren im Kabarett gewesen und hatten sich auf dem Heimweg noch ausgeschüttet vor Lachen. Sie kicherten wie zwei Teenager, obwohl sie der 70 deutlich näher waren als der 17.

Seitdem beide verwitwet waren, unternahmen sie wieder viel gemeinsam, so wie in ihrer Jugend. Laura half an zwei Tagen im Büro ihrer Enkelin aus, die als Privatdetektivin arbeitete.

Und dabei war eine Leidenschaft entstanden, die sie beide und noch einige Frauen ihres Alters erfasst hatte, das Krimifieber.

Jeden Mittwoch trafen sich sieben Frauen im Café *Schokohimmel* im alten Bahnhof und diskutierten ihre Lieblingsbücher. Natürlich nur Cosy-Crime-Romane, solche, in denen noch vorwiegend mit Verstand und weniger mit Technik ermittelt wurde und die Leserin mit raten konnte.

Aber heute sah es so aus, als würden sie selbst einen echten Krimi erleben. Beide schauten entsetzt auf die Tür zu Luisas Wohnung, die aufgebrochen war und sich durch den Wind, wie von Geisterhand bewegte. Luisa wollte hineinstürzen, aber Laura hielt sie zurück.

„Bist du lebensmüde?", flüsterte sie. „Die Einbrecher könnten noch drin sein. Ruf sofort die Polizei! Ich rufe Sophie."

Ihre Enkelin nahm schon nach dem ersten Läuten ab.

„Sophie-Schatz, bei Luisa ist eingebrochen worden. Kannst du mal schnell rüberkommen? Ja, wir haben die Polizei schon gerufen, aber vielleicht willst du dich vorher noch umsehen?"

Sophie kam so schnell, als hätte sie schon an der Tür gestanden. Lautlos betrat sie die Wohnung und sicherte die Räume der kleinen Wohnung, die genauso geschnitten war, wie das Erdgeschoss im Haus ihrer Großmutter.

Sauber! Niemand mehr da. Jetzt schaltete sie das Licht ein. Hier schien ein Tornado durch geweht zu sein. Ungeduldig drängten sich auch Laura und Luisa ins Zimmer.

„Oh, nein!" Entsetzt schlug Luisa die Hände vors Gesicht. Gerade noch war ihre Welt in Ordnung gewesen. Und jetzt das! Fremde waren in ihre Wohnung, in ihr Allerheiligstes eingedrungen, hatten ihre Sachen angefasst! Wie sollte sie sich hier jemals wieder sicher fühlen? Die Tränen schossen ihr in die Augen. Wer tat ihr denn so etwas an?

Sophie schob sie beide wieder in den Flur. Als zugelassene Privatdetektivin wusste sie, wie wichtig die Sicherung eines Tatortes war, auch wenn sie nicht ernsthaft glaubte, dass die Täter gefasst werden würden. Aber die Versicherung würde ohne eine Anzeige bei der Polizei, niemals für die Schäden aufkommen.

Vom Flur aus war zu sehen, dass die eigentlich stabile Eingangstür brutal aufgebrochen worden war. Luisa saß auf den Treppenstufen und schluchzte verzweifelt, während ihr Laura tröstend über den Rücken strich. Gemeinsam mit den Frauen wartete Sophie auf die Polizei, die erstaunlicherweise ziemlich schnell erschien.

Zuerst sprintete Felix, der Bruder ihrer Freundin Chrissy die wenigen Treppen vor der Haustür hoch. Sein Kollege brauchte etwas länger. Sophie grinste, sie lief die drei Treppen zu ihrer Dachwohnung jeden Tag mehrmals, das brachte Kondition und sparte das Fitness-Studio. „Ihr habt wohl Saure-Gurken-Zeit oder wollt ihr den Rekord für die kürzeste Fahrt zum Einsatzort brechen?"

Felix lachte auch. „Schön wär´s. Aber wir waren sowieso hier in der Nähe."

Interessiert betrachtete er die Tür. „Ach, schon wieder ein Einbruch, wieder bei einer Frau? Vermutlich der Witwenräuber. Sieht ganz danach aus."

Obwohl Felix die Sache locker nahm, wusste Sophie, dass er in seiner Arbeit dennoch sehr genau war. Mit gezogener Waffe betrat er die Wohnung, nachdem er sich vorher vergewissert hatte, dass es keinen zweiten Ausgang gab.

Nach kurzer Zeit kam er zurück und rief seinem Kollegen zu. „Der Vogel ist schon ausgeflogen".

Dann wandte er sich an Luisa. „Frau Kempa, fühlen Sie sich gut genug, um einen Blick auf das Wohnzimmer zu werfen? Vielleicht fällt Ihnen gleich auf, worauf er es abgesehen hatte."

Luisa, von ihrer Freundin Laura begleitet, schaute sich nur kurz im Raum um und begann wieder zu zittern und zu schluchzen.

Alle Kästen waren aus den Schränken gerissen, die Bücher aus den Regalen gefegt und das, was auf den Fensterbrettern gestanden hatte, lag auf ihrem Teppich. Alles war so fürchterlich, sie konnte sich einfach nicht konzentrieren.

Deshalb übernahm Laura, die durch ihre Arbeit bei Sophie schon ein wenig Routine hatte, das Ganze. „Luisa, wo ist dein Schmuck?" Die schaute in einem der unteren Schränke nach und schüttelte den Kopf. „Alles weg!"

Laura schaute bestürzt. „Oh, war da auch das große Bernsteinherz dabei, das deine Urgroßeltern von Königsberg mitgebracht hatten? Das war doch sehr wertvoll."

„Ja, das fehlt auch." Luisa nickte betrübt.

„Aber es war sowieso nicht so wertvoll, wie wir immer gedacht haben. Das hat mir der reizende Herr von der Versicherung gesagt."

Der zweite Beamte räusperte sich. „Haben Sie eine Liste, damit wir weitergeben können, welcher Schmuck gestohlen wurde?"

„Ich weiß, wo diese Sachen liegen", erbot sich Laura, die sah, dass ihre Freundin keinen klaren Gedanken fassen konnte.

Außerdem war da etwas gewesen, bei dem sich ihr kritischer Verstand eingeschaltet hatte. Irgendetwas stimmte definitiv nicht!

Während sie Luisas Ordner durchsuchte und die Liste an den Polizisten weiterreichte, fiel es ihr wieder ein.

„Du hast vorhin gesagt, der Versicherungsvertreter habe dir mitgeteilt, das Bernsteinherz sei jetzt weniger wert?"

„Ja das hat er. Er sagte, der Preis für Bernstein sei gefallen, deshalb hat er auch die Versicherungssumme angepasst. Mir war das recht, so musste ich weniger Beitrag zahlen."

Laura warf ihrer Enkelin einen bezeichnenden Blick zu. Der Bernsteinpreis gefallen? Nie im Leben und selbst wenn, galt das bestimmt nicht für Luisas Bernsteinherz mit einem fantastischen Einschluss. Sie selbst hatte oft die vollständig erhaltene Libelle in dem schimmernden Bernstein bewundert. Und seit wann war ein Versicherungsvertreter ein Kunstexperte? Laura, die jahrelang ein Museum mit einer großen Mineralien- und Fossilien-Sammlung geleitet hatte, war davon absolut nicht überzeugt.

Felix prüfte mit aufmerksamen Blicken noch einmal den Raum.

„Es ist schon erstaunlich", raunte er Sophie zu. „Er scheint zu wissen, wo was zu finden ist. Er hat im Schlafzimmer nichts angerührt, obwohl die meisten Menschen dort ihr Geld verstecken. Auch nicht im Flur oder der Küche, nur im Wohnzimmer. Und das Durcheinander sieht etwas übertrieben aus, als wollte er uns glauben machen, hier seien mehrere gewesen."

Sophie schaute ihn erstaunt an. Das war nicht schlecht für einen

Streifenpolizisten. „Ich habe zwei ähnliche Fälle, da war der Ablauf auch so. Und du sagtest *Witwenräuber*, also gibt es noch mehr Fälle?"

Felix warf einen vorsichtigen Blick auf seinen Kollegen und flüsterte ihr ins Ohr. „Morgen halb sechs im *Schokohimmel*. Du zahlst den Kuchen und ich erzähle ich dir alles, was ich weiß."

Dann wandte er sich wieder an Luisa, die noch immer geschockt auf ihrem Stuhl saß, während Sophie und ihre Oma schon das Chaos fotografiert hatten und bereits wieder beim Einräumen waren.

„Frau Kempa, wir haben den Einbruch aufgenommen. Aber viel Hoffnung kann ich Ihnen nicht machen. Wir tun, was wir können, aber unsere Möglichkeiten sind leider begrenzt. Haben Sie Verwandte in der Nähe? Sie sollten heute nicht alleine sein."

„Ich nehme sie mit zu mir", rief Laura. „Auf jeden Fall bis die Eingangstür wieder sicher ist. Ich habe schon den Hausmeister angerufen, er kommt gleich vorbei und schließt das notdürftig."

Am nächsten Morgen begann Sophie in ihrem Büro die Fakten neu zu ordnen. An der Wand zwischen den Fenstern hatte sie eine große Magnettafel befestigt, an die alles Erwähnenswerte geheftet wurde. Aber selbst mit den Informationen zu dem 3. Einbruch, ergab sich kein Ansatzpunkt. Die Frauen, die es betraf, waren unterschiedlichen Alters, hatten unterschiedliche Wertstücke besessen und keine hatte die gleiche Versicherung. Sie brauchte einfach mehr Informationen!

Gut, dass Felix bereit war, sich mit ihr zu treffen. Das war ja sonst bei Polizisten eher nicht der Fall.

Wie Felix hatte sie auch die Polizeischule besucht, sich aber nach einem halben Jahr Polizeidienst entschlossen, Privatdetektivin zu werden. Befehle waren einfach nicht ihr Ding, vor allem wenn es nur um Formalien ging und Festgenommene schneller wieder frei kamen, als sie sie ermittelt und verhaftet hatten.

Solche Ungerechtigkeiten machten es ihr leicht, aus der Truppe wieder auszuscheiden und sich auf die Wiederbeschaffung von wertvollen Dingen zu spezialisieren.

Wichtigster Mentor war dabei ihr Onkel Julian, der Bruder ihrer Mutter, gewesen. Obwohl er nur als kleiner Trödelhändler anfing, hatte er sich im Laufe der Zeit mehr und mehr einen Namen bei Antiquitäten und hochwertigem antikem Schmuck gemacht. Schmunzelnd dachte sie an das Schlitzohr, das jetzt seinen schon etwas länger andauernden Urlaub bei einer reichen Witwe auf Mallorca genoss. Sophie hatte viel von ihm gelernt und kannte jeden Händler und vermutlich auch eine Menge Hehler auf diesem Gebiet.

Da sie häufig erfolgreich bei der Wiederbeschaffung war, zeigten sich auch große Versicherungen gerne zur Zusammenarbeit bereit oder beauftragten sie sogar. Dadurch hatte sie regelmäßigere Einnahmen, als wenn sie nur untreue Ehemänner überwacht hätte, aber große Sprünge konnte sie damit noch nicht machen.

 Immerhin war das Büro im Erdgeschoss von Lauras Haus preiswert, denn dafür musste Sophie zusätzlich zu ihren Nebenkosten, nur im Sommer den Rasen mähen und im Winter Schnee schippen. Außerdem konnte sich Oma Laura von hier aus viel besser um die Rechnungen und die Buchhaltung kümmern.

Damit blieb ihr die Zeit, die für die Ermittlung und Überwachung erforderlich war. Bisher hatte sie ihre Fälle auch relativ schnell abschließen können, nur jetzt nicht.

Vermutlich würden ihre Klientinnen bald ungeduldig werden, denn die Versicherungen hatten bereits signalisiert, zahlen zu wollen. Da es aber bei beiden auch um einen Erinnerungswert ging, war sie engagiert worden.

Als sie damals von Diana von Frohberg angerufen wurde, die eine wertvolle Halskette vermisste, glaubte sie den ganz großen Wurf erwischt zu haben. Den Fotos nach, war diese Kette auch etwas Besonderes, eine venezianische Arbeit aus dem 17.Jahrhundert. Nicht nur der Materialwert des Goldes war entscheidend, sondern der geheimnisvolle Kapsel-Anhänger, um den sich Legenden rankten. Angeblich sollte damit einer der Dogen von Venedig vergiftet worden sein. Natürlich war die Polizei eingeschaltet worden, aber da es keinerlei Einbruchsspuren gab, ging man von Diebstahl durch das Personal aus.

Jetzt sah das allerdings anders aus, denn es gab schon zwei Fälle, in denen es um Schmuck ging.

Bei ihrer anderen Klientin, Annekathrin Zahl, war eine sehr seltene englische Erstausgabe von „The Hobbit" von J.R.R. Tolkien gestohlen worden, die schon seit 1937 in der Familie gehütet wurde und vermutlich um die 50.000 Euro wert war.

Solche Dinge nahmen einfache Hehler nicht ab, überlegte Sophie, das wäre viel zu auffällig. Also müsste es schon jemand mit entsprechenden Kontakten sein. Kannte sie so jemanden?

Während sie das noch gedanklich durchging, kam Laura hereingestürmt. „Ich habe Luisa gerade nach Hause gebracht. Sie hat bereits eine neue Tür. Ich habe ihr noch zu einem extra Riegel geraten. Das schützt zwar nicht vor einem Einbruch, gibt ihr aber ein sichereres Gefühl, wenn sie zuhause ist. Und hast du schon was?"

Sophie lächelte. Typisch Oma! Wenn es nach ihr ginge, wäre mittags aufgeklärt, was morgens passiert war. Sie wies auf ihre Tafel und seufzte.

„Bei mehreren Verbrechen sind wir in der Ausbildung davon ausgegangen, dass es Gemeinsamkeiten geben muss. Aber die Frauen sind alle unterschiedlich alt, die Wohnung wurde mal aufgebrochen, mal nicht, verschwunden sind nach meiner Übersicht, Schmuckstücke und ein wertvolles Buch. Gemeinsam ist allen: Es waren alleinlebende Frauen, der Einbrecher muss gewusst haben, dass sie etwas sehr Wertvolles besitzen und alle waren versichert. Was nicht verwunderlich ist, aber keine bei der gleichen Versicherung. Wir wissen ja nicht einmal, ob es wirklich nur ein Täter, also dieser Witwenräuber ist oder jedes Mal ein anderer."

Laura hatte aufmerksam zugehört. „Aber irgendwo müssen wir anfangen. Mein Bauchgefühl sagt mir, der Versicherungsvertreter von Luisa ist nicht koscher. Es gibt keine Informationen über einen gefallenen Preis für Bernstein. Ich habe gelesen, dass er in einigen asiatischen Ländern höher gehandelt wird, als Gold. Wir sollten uns auf ihn konzentrieren. Ich spüre, dass da was ist. Es gab schon mal einen ähnlichen Fall."

„Ach, hast du wieder bei Miss Marple nachgeforscht?" Sophie lachte, auch wenn sie manchmal über den Eifer ihrer Großmutter die Augen verdrehte. „Dein Bauchgefühl in allen Ehren, aber hier müssen wir richtige Ermittlungsarbeit leisten und zwar in alle Richtungen, sonst entgeht uns etwas."

Laura lehnte sich in ihrem Sessel zurück. Zeit sich mit der Buchhaltung zu beschäftigen, aber so schnell gab sie sich doch nicht geschlagen. „Du hast ja recht", seufzte sie. „Aber meine Meinung gefällt mir einfach besser!"

Als Sophie am späten Nachmittag das Café *Schokohimmel* betrat, war sie wie immer schon alleine von den Düften berauscht. Es war wirklich toll, was ihre beste Freundin Chrissy und ihre Freunde aus dem alten Bahnhof gemacht hatten. Aber der Höhepunkt war einfach dieses gemütliche Café in zartem Violett, in dem man sich mit Lettys Kuchen, Torten und Plätzchen wirklich wie im Himmel fühlen konnte. Sie suchte sich einen bequemen Ecktisch in der Nähe der Terrasse mit seitlichem Blick zum See. Obwohl der Herbst die Bäume schon rotgolden gefärbt hatte, war die Luft noch angenehm warm.

Sophie strich ihre raspelkurzen schwarzen Haare etwas zurück und schaute Felix entgegen. Eigentlich kannte sie ihn schon fast ihr ganzes Leben lang, aber gerade jetzt begann sie Seiten an ihm zu entdecken, die höchst interessant waren.

Bei diesen Gedanken grinste sie und schüttelte über sich selbst den Kopf. Natürlich hatte sie sich früher nicht so für den großen Bruder von Chrissie interessiert, damals als sie in der 1. und er in der 3. Klasse saß. Aber heute mit 23 konnte sie nicht umhin anzuerkennen, dass er wirklich ein gut aussehender Kerl war, der auch noch Hirn im Kopf hatte.

Felix lachte, als ihm Sophie von dem Verdacht ihrer Oma erzählte. „Vielleicht ist sie vorschnell, aber vielleicht hat sie auch etwas bemerkt, das uns entgeht. Ich kenne sie schon so lange, sie hat einen guten Riecher und wenn du sowieso keinen anderen Ansatz hast…"

„Aber was ist mit euch, keine zufälligen Funde, keine chemischen Analysen, wie in CSI?"

Felix grinste etwas gequält und strich sich über seine dunkelblonden Stoppelhaare.

„Als ob du nicht genau wüsstest, dass uns solche Technik absolut fehlt. Ich habe einen Kumpel beim Einbruchsdezernat, der mir manchmal was steckt. Von ihm weiß ich, dass es mittlerweile 27 Fälle sind, alle im Umkreis von 30 Kilometern, also hauptsächlich die Südstadt. Klar, hier gibt es eine Menge wohlhabende und besonders kunstliebende Menschen, aber vermutlich leben der oder die Täter auch hier."

„Stimmt", murmelte Sophie. „Das sehe ich ebenso. Möglicherweise verkauft auch jemand Tipps an andere, das könnte zumindest die unterschiedlichen Methoden erklären, mit denen eingebrochen wurde."

Felix nickte. „Wahrscheinlichkeiten gibt es viele. Vielleicht entscheidet aber auch ein Einzelner spontan, wie er eindringt. Bei manchen war nicht auszuschließen, dass die Schlüssel vorher geklaut wurden. Aber ehe ich noch ein weiteres Wort von mir gebe, möchte ich erst Lettys Schoko-Sahne-Torte genießen, du zahlst ja heute."

Während Sophie zum Tresen ging, um ihre Bestellung aufzugeben, kreisten ihre Gedanken weiter um die diskutierten Möglichkeiten. Wer hätte denn Tipps geben können? Jemand der die Wertstücke verkauft hatte? Nein, es waren meist Erbstücke. Jemand, der Alarmanlagen installiert hatte? Das wäre zu überprüfen. Jemand der die Wertstücke versicherte? Aber es waren ja unterschiedliche Versicherungen.

Trotzdem wurde Sophie das Gefühl nicht los, Oma Laura könnte recht haben.

Als sie Felix das Riesenstück Torte brachte, reagierte der etwas enttäuscht. „Was nur eins?"

Sophie lachte. „Ich verstehe gar nicht, wie du so viel essen kannst?"

Felix grinste sie etwas mutwillig an, ehe er sich der Torte widmete.

„Manche Menschen können kochen, manche können backen, ich kann essen. Das wird auch gebraucht. Aber ein paar andere Sachen kann ich auch noch."

Sophie, die sich unter den intensiven Blicken seiner dunklen Augen etwas verlegen fühlte, lenkte das Gespräch wieder auf ihr Problem, die Einbrüche.

Nachdem sie alles zusammengefasst und geordnet hatten, waren sich Sophie und Felix einig, sie brauchten mehr Informationen.

Felix zuckte entschuldigend mit den Schultern. „Mehr erfahre ich von meinem Kumpel nicht, mit Sicherheit keine Einzelheiten."

Aber Sophie hatte eine Idee, wie sie an weitere Informationen kommen könnte. Am nächsten Morgen wartete sie schon mit gutem englischen Tee und Lettys himmlischen Plätzchen auf ihre Groß-mutter. „Das riecht wunderbar, aber auch nach einem Bestechungsversuch", lachte Laura.

„Gut kombiniert, Watson", entgegnete Sophie. „Omi, ich brauche wirklich deine Hilfe. Wir haben einfach zu wenig Informationen über die weiteren Einbrüche. Felix hat gestern erzählt, es gäbe insgesamt 27 und alle in der Südstadt. Vieleicht…"

„Du meinst echt, wir dürfen mit ermitteln?" Laura war vor Begeisterung aufgesprungen und konnte ihre Teetasse gerade noch vor einem Sturz bewahren.

„Na ja, ermitteln würde ich es noch nicht nennen wollen", begann Sophie zögerlich, schwenkte aber um, als sie den enttäuschten Gesichtsausdruck ihrer Großmutter bemerkte.

„Auf jeden Fall ist das wichtig für die Ermittlungsarbeit. Und es ist etwas, was weder die Polizei, noch ein Detektiv, so einmalig wie ihr, erledigen könnte. Ihr sollt euch einfach umhören. Wir brauchen so viele Informationen wie möglich, über die anderen Einbrüche. Könnt ihr das übernehmen?"

„Ja sicher, wir sind ja auf diesem Gebiet nicht unbedarft. Gleich heute Nachmittag werde ich die anderen instruieren. Sogar Luisa will heute kommen, sie ist so wütend, sie spuckt Gift und Galle. Wenn sie jetzt etwas beitragen kann, um diese fiesen Typen zu fassen, wird ihr das bestimmt helfen."

„Felix hat etwas gesagt, das mir nicht aus dem Kopf geht", überlegte Sophie laut. „Ihm ist aufgefallen, dass der Räuber nicht im Schlafzimmer gesucht hat, wo doch die meisten Leute ihr Geld verstecken.“

Laura verstand sofort. „Also können wir davon ausgehen, dass er genau wusste, wonach er suchen muss und wo. Wir werden die 5 Ws nachher gründlich durchgehen.“

Bis zum Termin hatte Laura ihre Notizen vervollständigt und war gespannt, wie die anderen reagieren würden. Zu diesem Anlass hatte sie sogar einen warmen Rock mit dem Karomuster ausgewählt, das auch Sherlock Holmes getragen haben soll.

Eigentlich war sie eher ein Fan von Miss Marple, aber kleidungstechnisch konnte sie dieser Figur von Agatha Christie wenig abgewinnen. Eine schwarze Haube und schwarze Spitzenhandschuhe konnten bei einer Einbrecherjagd doch eher hinderlich sein.

Als sie bei Luisa klingelte, staunte sie über die Tür, die einer Festung würdig gewesen wäre. Aber Hauptsache ihre Freundin würde sich sicher fühlen.

Als beide den *Schokohimmel* betraten, warteten dort schon fünf Frauen höchst gespannt an ihrem Stammplatz. Letty, die Inhaberin des Cafés, hatte persönlich diese Ecke für die Krimifrauen eingerichtet, die etwas abgeschiedener lag und durch große Pflanzen vom übrigen Raum abgetrennt war. Zuerst lauschten alle überrascht, entsetzt und auch empört den Berichten von Luisa und Laura über die Einbrüche und die bisherigen Erkenntnisse.

„Oh Gott“, stöhnte Stella, die Witwe eines ziemlich berühmten

Malers. „Man traut sich doch gar nicht mehr, irgendetwas Wertvolles im Haus zu haben. Das hätte jeder von uns passieren können."

„Und was macht die Polizei?"

Die resolute Antonia, die als Krankenschwester selbst keine Reichtümer erworben hatte, aber einige wertvolle Schmuckstücke ihrer Großmutter hütete, beantwortete ihre rhetorische Frage selbst. „Vermutlich nichts! Keine Leute, keine Technik, es ist ein Jammer!"

Emilia, die früher an einer Hochschule Psychologie gelehrt hatte, äußerte sich immer erst nach den anderen. „Ich finde, wir sind es uns selbst schuldig, dass wir etwas unternehmen. Stella hat das richtig eingeschätzt, das hätte jede von uns treffen können. Die Polizei hat Protokolle aufgenommen und legt sie ab, mehr passiert nicht. Aber wir können doch viel mehr machen. Die Betroffenen sind alles Frauen wie wir, wir müssen sie nur finden. Schließlich wissen wir doch, wie man so etwas macht."

„Ich gebe dir absolut recht." Claire, die früher ein Reisebüro geleitet hatte, fühlte sich seit dem Besuch des Sherlock-Holmes-Museums in der Baker Street in London, als ausgewiesene Spezialistin. „Wir müssen, wie unsere Vorbilder beobachten und unsere Schlüsse daraus ziehen. Wieso, zum Beispiel, war keine der Frauen zuhause? Nicht, dass ich dir das gewünscht hätte, Luisa. Aber der oder die Täter müssen einiges über den Tagesablauf dieser Frauen wissen." Zufrieden sah sie sich um, während die anderen beifällig nickten.

„Das ist ein sehr guter Gedanke", fand auch Laura. „Wir sollten unsere fünf Ws durchgehen. Vielleicht fällt uns noch mehr ein." Christiane, die früher Lehrerin war, holte die Karten und ihren Notizblock aus der Tasche. Dann hielt sie die erste Karte hoch, auf der in dicken Buchstaben *Wer* stand.

„Bisher wissen wir nicht genau, ob es ein Einzelner oder mehrere sind. Fest steht, er ist männlich. Die Kraft, mit der die Tür bei Luisa aufgebrochen wurde, spricht dafür", erklärte Laura.

„Es muss jemand sein, der schon mal in meiner Wohnung war", überlegte Luisa, „vielleicht als Handwerker oder Stromableser."

„Es müsste auch jemand sein, der sich auskennt", ergänzte Christiane. „Ich habe zwar viel in meinem Leben gelesen, aber ich hätte nie gedacht, dass es solche teuren Bücher gibt."

„Es wäre auch möglich, dass die Frauen erst vor kurzem jemanden kennengelernt haben. So ähnlich wie die Heiratsschwindler vorgehen. Nicht dass ich eigene Erfahrungen hätte, aber es gibt darüber interessante Studien aus der Verhaltenspsychologie, der Charmefaktor ist oft entscheidend", ergänzte Emilia.

„Ich halte das auch für ganz wesentlich", setzte Laura fort. „Wenn man sich mit einem charmanten Fremden gut unterhalten kann, ist man viel leichter geneigt, ihm Sachen anzuvertrauen, die man sonst zurückhalten würde. Mir selbst geht das immer so, wenn ich in die Klinik muss. Vermutlich wird man denjenigen nie wieder sehen, also hat man auch weniger Hemmungen."

„Das stimmt", lachte Antonia. „Das habe ich selbst sehr oft erlebt."

„Aber ich habe leider keine neue Bekanntschaft gemacht", betonte Luisa. „Also kennst du den reizenden Herrn von der Versicherung schon länger?" Diese Frage brannte Laura schon den ganzen Tag auf der Zunge.

„Nein, der ist neu. Aber das zählt doch nicht, es ging doch nur um Versicherungen."

„Gut, aber wir sollten den Gedanken nicht außer Acht lassen."

Als nächstes hob Christiane die Karte mit der Aufschrift *Was* hoch. „Wir wissen, dass es immer um hochwertige Gegenstände geht, in keinem Fall um Geld. Das ist schon sonderbar." Stella, die wusste, wie schwer sich manchmal Bilder verkauften, hätte sich wahrscheinlich eher für Bargeld entschieden.

„Das ist nicht sonderbar, sondern gut überlegt." Laura hatte darüber schon den ganzen Tag gegrübelt. „Selbst wenn jemand sein Bargeld unter der Wäsche versteckt, hat er da doch niemals 20.000 oder 50.000 Euro liegen. Soviel kriegt er aber durch die wertvollen Sachen."

Als nächst Karte kam *Wie*. „Das ist verwirrend. Mal wird brutal aufgebrochen, mal ohne jede Spur gestohlen." Claire rieb sich die Stirn, bei Sherlock Holmes las sich das immer viel leichter.

„Dafür gibt es eine mögliche Erklärung. Einige Frauen räumten ein, dass ihre Schlüssel möglicherweise gestohlen seien. Ihr kennt das doch, irgendwo im Flur ist immer ein Schlüsselbrett. Da genügt ein Griff. Das bringt uns also nicht weiter." Laura lehnte sich zurück, während Christiane das Schild mit *Wann* hochhielt.

„Das haben wir eigentlich schon diskutiert", meldete sich Emilia.

„Das Wann richtet sich nach dem Tagesablauf der Frauen und den hat er beobachtet oder erfragt."

„Kommen wir zur letzten Frage *Warum*?"

„Also diese Frage ist ja so alt wie die Menschheit, warum stiehlt jemand? Weil er Geld haben will, ohne zu arbeiten", empörte sich Antonia.

„Ganz so einfach ist es nicht", warf Laura ein. „Er scheint jedes Mal hohe Summen zu brauchen. Da ich eine lebensnotwendige Operation an einem Kind ausschließen würde, kann es sich eigentlich nur um jemanden handeln, der anderen große Summen schuldet, weil er spielt."

„Es ist echt erstaunlich, was wir schon zusammengetragen haben." Christiane hatte ihr Protokoll beendet. „Ich tippe das noch ab und maile es dir gleich morgen früh."

„Danke Christiane und Danke euch allen. Sucht in den nächsten Tagen nach weiteren Informationen, im Wartezimmer beim Arzt, beim Bäcker, am Zeitungskiosk, beim Frisör. Genießt es, dass ihr mal ausgiebig klatschen dürft, es ist für einen guten Zweck. Was wichtig ist, schickt mir an meine Mail-Adresse. Und Kuchen und Kaffee von heute, gehen auf meine Rechnung. Wenn wir den Witwenräuber gefangen haben, Luisa, dann kannst du das übernehmen."

Sophie war am nächsten Tag doch überrascht, als ihr Laura am Nachmittag die Informationen brachte, die die Krimifrauen zusammengetragen hatten. „Ihr seid echt erstaunlich, das sind wirklich gute Hinweise. An einiges hatte ich noch gar nicht gedacht."

„Sobald ich etwas Neues erfahre, komme ich wieder."
Laura, die gerade das Zimmer verlassen wollte, stoppte noch einmal und drehte sich zu ihrer Enkelin. „Das hätte ich beinahe vergessen. Hier ist die Kopie von Luisas Versicherungs-Police und etwas, das sie in ihrer Wohnung gefunden hat. Sie ist sich sicher, dass ihr dieses Ding nicht gehört. Ich habe es sicherheitshalber in einen Beweisbeutel getan. Was ist das denn überhaupt?"
Sophie betrachtete das ziemlich abgenutzte Etui aus braunem Leder und grinste. „Das ist ein Etui für Dietriche, Onkel Julian hatte so ein ähnliches. Die Verpackung hättest du dir sparen können, da kriegen wir keine Fingerabdrücke mehr."

Laura zuckte nur mit den Schultern und verlies den Raum. Neugierig schüttete Sophie das Ledertäschchen auf den Tisch und nahm es in die Hand, um es gründlich zu betrachten.

Plötzlich sah sie vor ihrem inneren Auge ganz klar und deutlich einen Mann, leider nur von der Seite, der gerade mit einem Dietrich eine Tür öffnete. Die Hand sah schmal und gepflegt aus, nur über dem Handgelenk gab es eine kleine Tätowierung, so ähnlich wie ein griechischer Buchstabe. Vor Schreck ließ Sophie das Etui fallen.

Das Bild verschwand. Was war denn das? Hatte sie sich das eben eingebildet? Wieder nahm sie das Etui in die Hand und wieder erschien das gleiche Bild. Das musste der Einbrecher oder einer der Täter sein, aber konnte man einer solchen Eingebung überhaupt trauen? Was, wenn das ein Trugbild war und sie vielleicht einen Menschen zu Unrecht verdächtigte, nur weil sie innere Bilder gesehen hatte. Sie sollte darüber mit ihrer Freundin Chrissy sprechen, die kannte sich mit diesen Sachen viel besser aus als sie, die sich bisher ausschließlich auf ihr logisches Denken verlassen hatte.

Morgen würde sie sich mit Chrissy treffen, aber vorher sollte sie sich mit den neuen Erkenntnissen und vielleicht doch mit der sonderbaren Tätowierung befassen. Irgendwo hatte sie so etwas schon gesehen, aber wo? Nachdem sie eine Weile im Internet gesucht hatte, fand sie das Zeichen. Jetzt war klar, es war kein Gaunerzinken, wie sie anfangs gedacht hatte, sondern wirklich ein Buchstabe, der früher zum griechischen Alphabet gehört hatte.

Als Sophie las, dass das Zeichen *Sampi* nur noch für Zahlen benutzt wurde und damit eigentlich 900 bedeutete, fiel es ihr wie Schuppen von den Augen. Die 900-er-Bande, davon hatte ihr Onkel Julian früher erzählt. Eine kleine Gruppe, die es ausschließlich auf teure, erlesene Dinge abgesehen hatte. Aber waren die denn nicht im Gefängnis gelandet? Oder schon wieder entlassen?

Sophie pustete angespannt die Luft aus. Dieser Auftrag begann Dimensionen anzunehmen, die sie nicht erwartet hatte. Sie musste unbedingt mit Felix darüber sprechen, aber eins nach dem anderen. Der Blick auf die Uhr verriet ihr, was auch ihr knurrender Magen schon längst gemeldet hatte. Feierabend! Auch Ermittler mussten essen und bei Kräften bleiben.

Und die waren dringend notwendig, denn am nächsten Vormittag stürmte Laura mit triumphierender Miene in ihr Büro. Sophie hatte gerade Felix über die neueste Entwicklung informiert und mit ihrer Freundin Chrissy einen Treff im *Schokohimmel* vereinbart, als ihr Laura vier Versicherungs-Policen auf den Schreibtisch warf. „Meine Nase trügt mich nicht. Sieh dir das an! Diese vier Frauen haben für ihre Wertsachen bei vier Versicherungen abgeschlossen."

„Ja und?" Sophie sah fragend auf.

„Sieh dir bitte an, wer die Verträge erst vor kurzem unterzeichnet hat. Der reizende Herr von der Versicherung, von dem nicht nur Luisa geschwärmt hat, war in allen Fällen ein Herr Giersch. Er arbeitet für eine Versicherungsagentur, die vertreten unterschiedliche Unternehmen. Bei zwei weiteren Policen ist das auch so, die Kopien bekomme ich noch."

Sophie war baff. „Mensch Omi! Du bist echt gut. Jetzt passt ja alles richtig gut zusammen. Ich finde Hinweise auf eine Einbrecherbande von früher und du bringst den vermutlichen Tippgeber. Super!"

Laura lauschte gespannt, als ihr Sophie die Geschichte der 900-er Bande erzählte, die sie schnell noch im Internet recherchiert hatte, allerdings ohne die Bilder und das Schlüsseletui zu erwähnen.

„Wenn ich richtig kombiniere, müssen wir uns jetzt auf die Lauer legen, um zu wissen, welche Leute zu dieser Agentur gehen."

„Nicht wir", betonte Sophie, „ich mache das. Es ist viel zu gefährlich für euch."

„Sophie-Schatz, ich bitte dich. Du denkst nicht kriminell genug. Glaubst du wirklich, die treffen sich nachts in irgendwelchen dunklen Ecken? Nein, die machen das ganz normal am Tag, wie ganz normale Kunden. Das ist doch die perfekte Tarnung."

Nachdem Sophie sich die Gegend über Google Earth genauer angesehen hatte, war sie einverstanden, dass Laura und die Krimifrauen die Observierung am Nachmittag übernahmen.

„Schräg gegenüber ist das Café *Blümchen,* von dort aus müsstet ihr jeden sehen, der dort hineingeht. Vielleicht wäre es gut, auf Luisa zu verzichten."

Laura sah sie nachdenklich an. „Das kann ich versuchen, aber es wird kaum möglich sein."

„Dann musst du dafür sorgen, dass sie ihn nicht zur Rede stellt, sonst wäre ja alles verloren."

Laura grinste sie nur an, verdrehte die Augen und murmelte im Hinausgehen. „Als ob wir Anfänger wären…"

„Um 18.00 Uhr löse ich euch ab", rief ihr Sophie hinterher.

Und jetzt prüfte sie auch etwas beschämt die Versicherungs-Policen ihrer Klientinnen. Natürlich auch die gleiche Versicherungsagentur und der gleiche Herr Giersch. Wie hatte sie das nur übersehen können? Aber wenigstens konnte sie jetzt die Abstände zwischen Vertragsabschluss und Einbruch vergleichen. Die wurden immer kürzer, es musste ihnen bald etwas einfallen.

Am späten Nachmittag fand sie endlich Zeit, zu ihrer Freundin Chrissy zu fahren. Wie immer fand sie sie in ihrer kleinen Boutique, in der die angesagtesten Klamotten und Taschen verkauft wurden. Wie immer war auch Chrissy so apart in unterschiedliche Grüntöne gekleidet, dass ihre rotblonden Locken noch viel stärker leuchteten. Dagegen kam sich Sophie, die wie üblich Bluejeans und Jeanshemd trug ein wenig underdressed vor, aber immerhin passte alles sehr gut zu ihren blauen Augen.

„Kann ich dich zu einer Pause verführen, wenn ich dich in den *Schokohimmel* einlade? Ich muss dich unbedingt etwas fragen."

„Zu Lettys Kuchen kann ich nicht Nein sagen" grinste Chrissy. „Die sind einfach nicht von dieser Welt." Erst als beide genüsslich ihren Latte macchiato tranken, erzählte Sophie von diesen sonderbaren inneren Bildern und dem Etui. „Sagst du mir jetzt, dass ich spinne oder gibt es so etwas wirklich?"

Chrissy überlegte kurz und lächelte dann. „Darüber brauchst du dir echt keine Sorgen zu machen. Was du vermutlich kannst, nennt man Psychometrie. Menschen, die diese Fähigkeit besitzen, müssen nur Dinge berühren, um Geschehnisse aus der Vergangenheit vor ihrem inneren Auge zu sehen."

Sophie zweifelte sichtlich. „Aber wie zuverlässig ist denn so etwas? Ich meine, wenn ich jetzt jemand beschuldigen würde und dann stellt sich heraus, dass es der vorherige Eigentümer war. Wie könnte ich das verhindern?"

Chrissy blätterte in ihrem Buch, das sie fast immer in ihrer Tasche hatte.

„Die Verfasser sagen, wenn man den Gegenstand ausreichend lange berührt hat, sei das letzte Bild, das auftaucht, zuverlässig, so wie eine Generationenreihe.“

„Aber glauben wird mir das natürlich keiner“, murmelte Sophie etwas mutlos. Chrissy lachte. „Außer mir gibt es hier kaum jemanden, der das auch so sieht, aber in den USA arbeitet sogar das FBI mit solchen Möglichkeiten.“

„Danke, das hilft mir schon weiter. Ich sollte noch ein paar Tests machen, was die Zuverlässigkeit angeht. Wenn das wirklich funktioniert, weißt du was ich bei manchen sogenannten Antiquitätenhändlern alles entdecken könnte?“

Noch auf dem Weg zum Café *Blümchen* malte sie sich aus, wie viele Diebstähle sie mit dieser Methode aufklären könnte, wenn… wenn es wirklich sicher wäre!
Im Café wäre sie beinahe am Tisch ihrer Großmutter vorbeigegangen, erst ein Zischen machte sie aufmerksam. Grinsend setzte sie sich an den Nebentisch und betrachtete die beiden, die sich kostümiert, pardon, getarnt hatten. Luisa war ganz in schwarz, die blonden Haare unter einem kleinen Hut mit Schleier verborgen. Auch Oma Laura war ganz dunkel gekleidet, eine Schulter stand etwas hoch und die silbernen Haare waren fest nach hinten gekämmt. Jeder, der hier vorbei gekommen wäre, hätte diesen Eindruck gehabt: Zwei gramgebeugte alte Frauen, die betrübt im Café saßen und aus dem Fenster starrten. „Sprich uns bloß nicht an“, zischte Laura. „Wir können später reden. Bisher Null-Ergebnis.“

Sophie verkniff sich das Lachen und wählte dann doch noch einen anderen Tisch, um die Agentur im Blick zu behalten. Aber den gesamten Abend tat sich nichts, gegen 20.00 Uhr sah sie einen Mann aus dem Haus kommen, aber er war nicht nahe genug, um ihn genauer zu sehen.

Am nächsten Tag berieten sich Sophie und Laura schon am Vormittag. „In der gesamten Zeit, die wir dort saßen, sind nur Frauen in das Haus gekommen. Und dieser Kaffee! Bei dem Namen hätte ich nie gedacht, dass die auch Blümchenkaffee servieren." Laura ereiferte sich vor allem, weil sie wegen des vergeblichen Einsatzes enttäuscht war.

Sophie, die oft endlose Stunden observieren musste, ehe sie zu einem Ergebnis kam, lenkte sie gekonnt ab. „Wen hast du denn für heute ausgewählt oder wollt ihr schon aufgeben?"

„Auf keinen Fall, heute gehen Claire und Antonia. Falls sie auch getarnt sind, achte auf einen Hund."

Sophie hatte zwei wichtige Termine bei einer Versicherung und bei Gericht, so dass sie froh war, sich auf die Frauen verlassen zu können. Und natürlich schaffte sie es nicht pünktlich, sie abzulösen und stürmte erst eine Viertelstunde später in das Café. Genau genommen war sie heute auch getarnt, denn Kostüm und Absatzschuhe trug sie nur bei wichtigen Geschäftsterminen. Im Café schien einiges los zu sein.

Claire und Antonia sahen aus wie zwei betagte englische Ladys, die mit ihrem Mops die Stadt erkundeten. Um den kleinen dicken Hund mit dem traurigen Gesicht, hatten sich einige Besucher geschart und der nutzte die Aufmerksamkeit, um extra Leckereien zu ergattern. Antonia schaute kurz zu Sophie und schüttelte verneinend den Kopf.

In dem ganzen Durcheinander dauerte es einen Moment, ehe Sophie einen Platz gefunden hatte. Als sie dann wieder hinaussah, war das Licht in der Agentur erloschen. „Oh, verdammt", murmelte Sophie und drängelte sich aus dem Café.

Trotz der Absatzschuhe sprintete sie über die Straße und stieß fast mit einem Mann zusammen, der gerade die Tür abschloss. Und diese Hand, die den Schlüssel hielt, hatte sie schon einmal gesehen und diese Tätowierung auch. Das Sampi war schon etwas verwischt, aber das eindeutige Zeichen der 900-er.

Sophie stockte der Atem, vermutlich starrte sie den Mann auch an, denn der lächelte ein wenig über ihren Eifer „Wollten Sie zu mir? Giersch ist mein Name. Ich muss leider heute etwas früher schließen, bin aber morgen gerne wieder für Sie da."

„Nein, nein", stotterte Sophie. „Ich suche eine Freundin, die letzte Woche hierher gezogen ist."

 Als sie zu ihrem Auto ging, war sie noch immer überrascht. So einfach konnte die Lösung sein: Der Versicherungsvertreter war auch der Einbrecher und sicher nicht zum ersten Mal.

 Sie musste unbedingt mit jemandem reden. Also fuhr sie zum alten Bahnhof, vielleicht war ja Chrissy noch da. Schon als sie durch die Eingangstür kam, sah sie, dass die kleine Boutique geschlossen war. Deshalb ging sie weiter zum *Schokohimmel*, in dem Letty öfter auch noch einen kleinen Imbiss anbot.

Und richtig, da saß Felix bei einem doppelt großen Omelette mit Pilzen. Sophie bestellte sich das Gleiche, denn das war seit dem Frühstück die erste Gelegenheit zum Essen. Irgendwie hatte sie das Essen doch gekräftigt, denn als sie ihren Teller zur Seite schob, fühlte sie wieder die Wut, diesen fiesen Kerl zur Strecke zu bringen. „Ich muss dir einiges erzählen, aber du darfst mich nicht auslachen."

„Schieß los!" Felix beugte sich interessiert vor.

Als Sophie ihr Erlebnis mit dem Etui und die Informationen über die 900-er Bande erzählt hatte, nickte er nur mit dem Kopf.

 „Man sagt zwar, wer offen ist für alles, kann nicht ganz dicht sein. Aber in diesem Fall glaube ich dir. Hast du die Fähigkeit schon an anderen Sachen ausprobiert?"

Und als Sophie verneinte, schob er ihr ein Taschenmesser über den Tisch. Ein älteres Exemplar, das sah sie auf den ersten Blick. Aber als sie es in die Hand nahm, sah sie den kleinen Felix, der das Messer von seinem Großvater entgegennahm.

„Was warst du für ein süßer Fratz? Warst du damals fünf oder sechs? Und du hast es von deinem Großvater bekommen und sofort in die Hosentasche von deiner Latzhose gesteckt."

Sophie lächelte, offensichtlich war das ein Volltreffer, denn die Augen von Felix wurden immer größer und er grinste erfreut.

„Weißt du was wir mit dieser Fähigkeit alles machen könnten? Du sagst mir wer's war und ich verhafte sie alle."

„So einfach ist es leider nicht. Aber in unserem Fall wissen wir, wer`s war. Oma Laura hat mir gestern einige Versicherungspolicen von betroffenen Frauen gezeigt. Alle haben unterschiedliche Versicherungen, aber nur eine Agentur. Der nette Herr von der Versicherung, wie Luisa ihn genannt hat, ist ein Herr Giersch, der alle Abschlüsse gemacht hat. Wir dachten, er sei der Tippgeber und die Frauen haben ihn den ganzen Nachmittag überwacht. Ich bin vorhin mit ihm zusammengestoßen und rate mal, was er auf seinem rechten Handgelenk hat? Darf denn ein Vorbestrafter eine Versicherungsagentur eröffnen?"

Felix suchte auf seinem Handy nach Informationen. „Die Agentur läuft auf den Namen einer Frau, sie hat auch einen anderen Nachnamen. Vielleicht ist sie seine Freundin. Wenn er dort angestellt ist, hat keiner was gemerkt. Also hat deine Oma von Anfang an den richtigen Riecher gehabt."

„Ja, vermutlich sollte ich sie einstellen. Aber wie kriegen wir den Kerl ran. So können wir ihm einfach nichts beweisen."

„Wir müssten ihn auf frischer Tat ertappen", stöhnte Felix, „sonst holt ihn jeder Anwalt wieder raus."

„Wir sollten ihm eine Falle stellen", überlegte Sophie. „Dafür müssten wir wissen, wann er wieder Geld braucht. ich habe gestern die Verträge geprüft. Am Anfang waren noch mehrere Monate zwischen Vertragsabschluss und Einbruch, diese Abstände werden aber immer kürzer. Vermutlich spielt er."

„Und vermutlich verliert er", ergänzte Felix. „Das sollten wir genauer wissen. Komm, lass uns hin fahren. Wir haben doch nur zwei Casinos, in einem wird er sein."

Inzwischen war es schon ziemlich dunkel und vor dem ersten Casino war kaum etwas wahrzunehmen. „Wir müssen reingehen, hier ist doch nichts zu sehen." Sophie schickte sich an auszusteigen, aber Felix hielt sie zurück. „Ich gehe, dich hat er heute schon gesehen."

Aber bevor er aussteigen konnte, öffnete sich die Tür des Casinos und zwei Sicherheitsleute schoben einen dritten aus dem Gebäude und gaben ihm noch einen heftigen Stoß, dass er hinfiel.

„Du hattest recht", stellte Sophie fest. „Er verliert und vermutlich nicht zum ersten Mal. Hier kriegt er jedenfalls keinen Kredit mehr."

„Und das bedeutet, er wird anbeißen, wenn wir ihm eine Falle stellen. Aber wie wollen wir das machen, ohne dass er misstrauisch wird." Felix sah sie fragend an.

Aber Sophie winkte nur ab. „Ich lasse mir was einfallen und ich muss mit Oma reden."

Als sie Laura am nächsten Morgen bestätigte, dass sie von Anfang an den Richtigen verdächtigt hatte, nickte die nur kurz. „Logik und Intuition zusammen sind einfach unschlagbar. Aber wie hast du es herausbekommen?"

„Ach Omi, da muss ich dir noch etwas beichten."

Und jetzt erst erzählte sie alles, darüber, wie sie mit Hilfe des Schlüsseletuis und der Tätowierung auf die 900-er-Bande gekommen war. Eigentlich hatte sie eher ein ungläubiges Staunen erwartet, aber ihre Großmutter lächelte nur. „Dein Vater konnte das auch. Stell dir vor, was das für einen Archäologen bedeutete. Er war schon vorher sehr gut, aber mit dieser Fähigkeit wurde er einer der besten überhaupt. Wenn es nicht diesen Flugzeugabsturz gegeben hätte und deine Eltern noch da wären, was wären sie stolz auf dich." Sie umarmte Sophie ganz fest. „ Aber zurück zu unserem reizenden Herrn Giersch."

Als ihr Sophie erzählte, dass er wirklich spielte, wurde Laura richtig wütend.

„Das ist doch absolut das Hinterletzte! Nicht nur, dass er die Frauen umschmeichelt, aushorcht und anschließend bestiehlt. Er verhindert auch noch, dass sie einen entsprechenden Schadensersatz von ihrer Versicherung bekommen. Und alles wegen eines dämlichen Spiels. Das ist wirklich das Letzte!"

„Ich vermute, er wollte vermeiden, dass die gehäuften Schadens-
meldungen auffallen. Vielleicht hat er auch erwartet, dass die Frau-
en die Polizei gar nicht informieren, wenn er ihnen einredet, dass
ihre Schätze viel weniger wert sind."

„Wir müssen diesem Mistkerl das Handwerk legen, wie gehen wir
vor? Ich weiß, ich schließe eine Versicherung ab und wir legen uns
dann auf die Lauer."

Sophie lächelte. „So ähnlich wird es laufen. Nur ich schließe die
Versicherung ab und Felix und ich legen uns auf die Lauer. Und
zwar in Onkel Julians Wohnung. Ich habe gestern Abend noch mit
ihm telefoniert, was wir anbieten können. Er schlägt die Saphirbro-
sche vor."

„Oh, die ist um die 50.000 wert, Saphire und Diamanten, da wird er
anbeißen. Aber sollte ich nicht lieber? Bisher waren es doch immer
ältere Frauen."

Sophie lächelte, Oma Laura konnte ziemlich hartnäckig sein. „So
wird es auch diesmal sein. Deswegen brauche ich dich und deinen
Kleiderschrank. Du musst mich altersgerecht zurechtmachen."

„Da kann mir Luisa helfen, das wird ihr eine Freude sein, wenn sie
dabei ist, wie wir diesen Mistkerl aus dem Verkehr ziehen."

Als sich Sophie zwei Tage später im Spiegel sah, hätte sie sich fast
selbst nicht erkannt. Im großen Flurspiegel von Onkel Julians

Wohnung blickte ihr eine gepflegte, ältere Dame entgegen, silber-
blaue Haare, silbergraues Kostüm, eine Brille an einer Kette und
Schmuck an jeder verfügbaren Stelle. Sie sah mondän, aber auch
geschäftsmäßig und etwas gestresst aus, genau die richtige Mi-
schung.

Vor zwei Tagen hatte sie in der Agentur angerufen und den heutigen Tag vereinbart. Sie würde Onkel Julians neue Frau spielen, für
den Fall, dass Giersch die Wohnung von früher kennen sollte. Im
Nebenzimmer lauerten Oma Laura und Luisa, die hoch und heilig
versprochen hatten, sich nicht einzumischen.

Als es pünktlich klingelte, öffnete Sophie die Tür und stutzte über
das blaue Auge, das das Gesicht des Vertreters zierte. „Oh, hatten
Sie einen Unfall?"

„Nur einen kleinen", wiegelte der ab.

Vermutlich hat er inzwischen noch mehr Ärger und braucht das
Geld noch dringender, schoss es ihr durch den Kopf.

Nervös hob sie die Hände an den Kopf, ganz die gestresste Dame.
„Ich bin gerade von London gekommen und noch gar nicht richtig
hier. Was wollte ich? Ach ja, die Versicherung. Diese kleine Brosche würde ich gerne versichern lassen. Meine Tante hat sie mir
hinterlassen, war schon 95, die alte Dame. Die Brosche soll 53.000
wert sein, aber ich bin noch gar nicht dazu gekommen, sie schätzen
zu lassen. Morgen muss ich schon wieder nach Cannes, Familien-
angelegenheiten. Ach Gott, ich weiß gar nicht, wo mir der Kopf

steht, ständig dieser Stress. Aber nehmen Sie doch Platz, ich hole die Brosche."

Während Sophie die Brosche aus einem kleinen Schränkchen nahm, beobachtete sie Giersch aus den Augenwinkeln. Er hatte seine Haltung kaum verändert, ließ sie aber nicht aus den Augen. Die begannen echt zu glitzern, als sie das Schmuckstück auf den Tisch legte, dann verschloss sich seine Miene und er begann in einfühlsamem Ton zu sprechen.

„Ein sehr schönes Exemplar, aber leider sind die Kaschmirsaphire nicht echt. Da es aber eine kunstvolle handwerkliche Arbeit ist, würde ich den Wert noch auf 20.000 schätzen."

Sophie sah ihn überrascht an. „Ach, verstehen sie was davon?"

Giersch gab sich bescheiden. „Ein kleines Hobby von mir. Wenn man Schmuckstücke versichert, sollte man sich im Interesse des Kunden auch ein wenig auskennen."

Er zog eine Juwelierlupe aus der Tasche und zeigte ihr, woran man ganz sicher erkennen konnte, dass die Saphire industriell gefertigt wären. Sophie war überrascht, mit dieser Masche hätte sie ihm auch geglaubt.

Mit kühnem Schwung unterschrieb sie anschließend die ausgefertigte Versicherungs-Police, um dann die Brosche in einem Kästchen genau wieder an der gleichen Stelle abzulegen. „Wollen Sie das nicht lieber in einem Safe verwahren?"

Giersch stellte die Frage sehr leise und Sophie reagierte zunächst nicht, sondern überlegte laut. „Um 12.00 geht meine Maschine, bis dahin müsste ich noch den Anwalt getroffen haben… Was hatten Sie gesagt?"

Aber Herr Giersch lächelte nur charmant. „Ich hatte Ihnen eine gute Reise gewünscht."

„Ach ja, danke und danke, dass Sie extra vorbeigekommen sind, da fühlt man sich doch gleich viel sicherer."

Als sich die Tür hinter ihm schloss, überlegte Sophie immer noch, das Gesicht und das Lächeln kamen ihr irgendwie bekannt vor, aber woher? Oma Laura lugte durch die Tür.

„Ist er weg? Sophie-Schatz, du warst einfach Spitze!" Auch Luisa war ganz begeistert.

„Es war wie im Krimi, wenn man genau weiß, jetzt geht es ihm an den Kragen und der Trottel denkt immer noch, er könnte gewinnen. Einfach spannend!"

Zur Sicherheit blieb Sophie auch den verbleibenden Tag in der Wohnung und nutzte die Zeit, sich tiefgründiger mit den Saphiren und Fälschungsmethoden zu beschäftigen.

Dabei stellte sie fest, dass Giersch ihr genau die Kriterien als Fälschung dargestellt hatte, die für die Echtheit sprachen. Sie schüttelte den Kopf. Der Mann war wirklich das Hinterletzte!

Am nächsten Morgen kam Felix, der sich extra einen Tag frei genommen hatte, um gemeinsam mit ihr auf den Showdown zu warten. Sophie hatte die Jalousien heruntergelassen, um den Eindruck zu erwecken, sie sei wirklich weg gefahren. Nachdem sie mit Felix endlos Poker, Mau Mau oder Edelsteinquartett gespielt hatte, war sie fast überzeugt, dass die Falle nicht funktionieren würde.

Auch Felix wurde es langsam mulmig. Immerhin hatte er seinem Kumpel vom Einbruchdezernat angedeutet, heute würde noch etwas passieren, aber bisher tat sich einfach nichts.

Gegen 18.00 Uhr, es wurde langsam dunkel und Sophie überlegte gerade, doch das Licht einzuschalten, klingelte es am Gartentor.

Sophie lugte vorsichtig aus dem Fenster und rief Felix zu.

„Er kommt." Während Felix telefonisch seinen Kumpel informierte, zog sich Sophie schon ins Nebenzimmer zurück und nahm alles mit, was auf ihre Anwesenheit hindeuten könnte.

Es dauerte nicht lange, bis sie ein leichtes Kratzen an der Eingangstür hörten, dann einen kurzen Ruck und Giersch stand im Flur, während Sophie und Felix, durch den Türspalt des Schlafzimmers lugten. Zielgerichtet ging er ins Wohnzimmer und direkt auf den kleinen Schrank zu. Er bückte sich, nahm das Kästchen an sich und genau in dem Moment schaltete Felix das Licht ein. Auch als Zeichen für seine Kollegen.

„Wen haben wir denn da? Sophie ging spöttisch um den völlig Verdatterten herum. „ Den netten Herrn von der Versicherung, wenn das mal nicht der Witwenräuber ist. Das Kästchen bleibt natürlich hier!"

In dem Moment drehte sich Giersch blitzschnell um, stieß sie brutal zur Seite und versuchte zu fliehen.

Allerdings wurde er schon auf der Türschwelle von Felix und bewaffneten Polizisten gestoppt, die ihm Handschellen anlegten und ihn abführten.

Felix wurde von ihnen wie ein Held gefeiert, während für Sophie ein anerkennendes Schulterklopfen blieb.

Nachdem alles erledigt war, schloss Sophie die Wohnung wieder sorgfältig ab. Während sie überlegte, dass Onkel Julian sicherheitshalber auch noch die Schlösser austauschen lassen sollte, fiel ihr ein, wo sie dieses Lächeln schon einmal gesehen hatte.

„Felix, wir haben noch etwas Dringendes zu erledigen. Ich fahre. Schnell, wir müssen uns beeilen."

Und während Felix schulterzuckend in das Auto stieg, rief sie den anderen zu. „Lassen Sie ihn auf keinen Fall in der nächsten Stunde anrufen!"

Dann brauste sie davon. Während sie an ihren Onkel gedachte hatte, war ihr das *Frettchen* eingefallen, ein schon älterer Trödelhändler, von dem ihr Onkel überzeugt war, das er mit Diebesgut handelte. Bei der 900-er Bande hatte es zwei Brüder gegeben und wenn ihre Vermutung richtig war, dann würde sie beim *Frettchen* finden, was ihren Klientinnen gestohlen wurde.

Als sie in den Laden stürmte und zum Lager durchgehen wollte, versuchte sie der Giersch-Bruder aufzuhalten. Aber Felix, der seine zweite Chance witterte, rief seine Kollegen von der Streife und so konnten sie die Lagerräume betreten.

Während seine Kollegen den Händler festnahmen, suchten Sophie und Felix eilig die Regale ab. In einer größeren Box unter dem Schreibtisch wurden sie fündig.

Da lag vieles von dem, was Sophie auf den Versicherungs-Policen gelesen hatte, auch die Wertstücke, die sie wiederbeschaffen sollte, die venezianische Kette, die Erstausgabe und Luisas gesamter Schmuck in einer Plastikdose. Vermutlich warteten sie dort auf einen Großabnehmer.

„Ich muss meinen Kumpel anrufen."

Sophie wandte sich zu Felix um. „Du meinst, die sammeln dann alles ein und geben meinen Klientinnen vielleicht in einem halben Jahr ihre Wertstücke zurück?" Felix zuckte nur mit den Schultern.

„Aber ich habe doch den Fall gelöst, nein, wir haben ihn gemeinsam gelöst."

Felix drehte sich einfach um. „Ich sollte mal sehen, wo die anderen bleiben. Wenn sie mich dafür rausschmeißen, fange ich bei dir an." Sophie grinste und stellte sicher, was ihre Auftraggeberinnen glücklich machen würde. Für die Polizei würde es noch genügend Anerkennung geben.

Am folgenden Mittwoch trafen sich die Krimifrauen wie immer im Café *Schokohimmel*, aber diesmal wurde gefeiert. Luisa war so glücklich, ihre Wertstücke zurückzubekommen, dass sie Sekt aus-schenken ließ. Und alle waren stolz, dazu beigetragen zu haben, dass der Witwenräuber und sein verbrecherischer Bruder wieder dorthin kamen, wo sie nach Meinung aller hingehörten.

Sophie, die auch eingeladen war, hob in einer begeisterten Anspra-che hervor, was die Frauen alles geleistet hatten.

„Ihr habt eure grauen Zellen so glühen lassen, dass selbst Hercule Poirot gestaunt hätte. Wie Miss Marple sind euch entscheidende Ähnlichkeiten aufgefallen und wie Sherlock Holmes wart auch ihr Meisterinnen der Tarnung."

Dazu zeigte sie die Fotos, die sie mit ihrem Handy geschossen und später vergrößert hatte. Natürlich wurde gelacht und die, die nicht dabei sein konnten, bedauerten das lautstark.

„Eure Vorbilder wären stolz auf euch", setzte Sophie fort.

„Und ich würde mir wünschen, euch wieder an meiner Seite zu haben, wenn es brenzlig wird. Auf die Krimifrauen!"

In das Gelächter und Gläserklingen kam Felix mit einem Bund lachsfarbener Rosen, von denen er jeder Frau eine überreichte.

„Mein Chef hat mich beauftragt, Ihnen allen für Ihre Mitarbeit zu danken. Und ich darf sogar mit Ihnen anstoßen."

Wie aufs Stichwort erschien Letty mit einem neuen Tablett voller Sektgläser. Und Felix begann mit seinem Trinkspruch, von dem die Frauen noch wochenlang schwärmen würden.

„Ich trinke auf Frauen über 50. Sie sind wie Diamanten, geschliffen, wertvoll, einzigartig und unbezahlbar.

Wenn diese Frauen ein Auge zudrücken, dann nur um zu zielen und so einen Mistkerl, wie den Witwenräuber, abzuschießen. Auf die Krimifrauen!"

Der Hundehasser

Sophie träumte.

Sie saß an ihrem Schreibtisch und träumte vor sich hin. Eigentlich sollte sie die Buchhaltungsbelege für Oma Laura sortieren, die freundlicherweise diesen Kram übernahm, damit Sophie mehr Zeit für ihre Arbeit als Privatdetektivin blieb.

Seit sie aus dem Polizeidienst ausgeschieden war und sich auf die Wiederbeschaffung wertvoller Gegenstände spezialisiert hatte, lief ihre Agentur ziemlich gut, aber nicht so gut, dass sie sich Angestellte hätte leisten können.

Meistens träumte sie daher von dem ganz großen Fall, der sie reich und berühmt machen würde, na ja berühmt würde schon reichen. Der Fall, den sie gerade erfolgreich abgeschlossen hatte, zählte noch nicht dazu. Alle Ermittlungen zur Wiederbeschaffung dieses einzigartigen Medaillons aus dem 15. Jahrhundert, verliefen weitgehend anonym und ohne Informationen an die Presse. Sie seufzte. Also träumte sie lieber von Felix.

Obwohl sie ihn schon ewig kannte, schließlich war er der große Bruder ihrer Freundin Chrissie, hatte es im Frühling den berühmten Zoom gegeben, so wie in dem alten Schlager *Tausend mal berührt*. Die Szene, wie alles gekommen war, ließ Sophie oft in ihrem Kopfkino ablaufen.

Normalerweise hatte sie sich in seiner Gegenwart immer wohl gefühlt. Immerhin hatte sie auch schon einige Fälle mit seiner Hilfe gelöst. Deshalb war sie daran gewöhnt, mit ihm über alles reden zu können und nicht peinlich auf jedes Wort achten zu müssen, aber an diesem Abend war plötzlich alles anders.

Schon sein Lächeln führte dazu, dass sie eine gewisse Anspannung verspürte, ein sonderbares Flattern im Magen und ihr Herz klopfte plötzlich so laut, ohne dass sie wusste wieso.

Eigentlich hatten sie, wie üblich nur etwas rumgealbert und sich gestritten, was ihr Felix wieder einmal vorhielt. „Du bist ziemlich streitsüchtig!"

Sophie konterte mit empörtem Gesichtsausdruck. „Ich und streitsüchtig? Ich bin eigentlich ein ziemlich friedfertiger Typ."

Felix schien sich unerträglich arrogant aufzuführen und griente besserwisserisch. „Mit mir streitest du aber viel."

Sophie nickte und versuchte ihn mit einem Blick in die Schranken zu weisen. „Da hast du recht! Frag dich mal wieso?"

Felix grinste immer noch. „Ich weiß schon wieso. Du kämpfst gegen die Anziehungskraft zwischen uns an."

Plötzlich stand er ganz nahe und als Sophie den Mund öffnete, um ihm ihre Antwort entgegen zu schleudern, küsste er sie plötzlich und unerwartet.

Und das war ein umwerfender Kuss gewesen, einer der einen nationalen Feiertag verdient hätte oder wenigstens eine Briefmarke.

Sophie seufzte sehnsüchtig, wenn sie nur daran dachte, wie diese für sie völlig neuen Gefühle sie durchströmt hatten.

Schon bei der ersten Berührung ihrer Zungen, fühlte sie sich, als könnte sie fliegen. Und daran hatte sich seither nichts geändert, so als wäre immer noch Frühling.

Sie hörte Laura im Nebenraum und wandte sich seufzend wieder ihren Belegen zu.

Jetzt könnte wirklich mal etwas Spektakuläres kommen!

Sie warf einen Blick auf die Lokalzeitung. Nichts, kein Diebstahl, kein Einbruch, aber einen abartigen Typen, der versuchte, Hunde zu vergiften. Sophie schüttelte empört den Kopf. Wie konnten Menschen nur so etwas tun?

Als Kind hatte sie auch einen süßen kleinen Dackel gehabt und hätte wahrscheinlich jeden vierteilen lassen, der versucht hätte, ihrem Hund etwas anzutun. Hoffentlich schnappt man den bald, hoffte sie. Wenn sie irgendwie dazu beitragen könnte, würde sie das gerne tun. Sie schüttelte immer noch den Kopf. Wirklich, die Welt wurde immer verrückter.

Ähnlich wie bei Sophie beschäftigte der Hundehasser viele Menschen in der Stadt. Jeder der einen Hund seinen besten Freund nannte, war in Sorge um seine Sicherheit. Die Polizei ermittelte bereits, bisher aber erfolglos.

Auch Lissy und Fritzi von *Club der kleinen Millionäre* machten sich Sorgen. Die braunhaarige Fritzi wollte auf keinen Fall, dass ihrem Wunderhund Perla etwas passierte. Immerhin war sie schon oft von der kleinen Hündin gerettet worden. Und die blonde Lissy hatte gerade erst einen winzig kleinen Hund aus dem Tierheim bekommen und ihn kühn Hagrid getauft. Also traf sich Fritzi mit ihr, um sie zu warnen.

„Du musst du jetzt besonders gut auf ihn aufpassen. Es ist ein Hundehasser unterwegs ist, der Giftköder auslegt. Tanja hätte sich am liebsten als Bodyguard für Perla angeboten, wenn sie nicht selbst so viel Angst hätte."

„Oh, nein!" Lissy war ganz blass geworden. „Was sind das nur für Menschen, die so liebe Hündchen vergiften wollen? Gut, dass wir noch eine Ferienwoche haben und auf sie aufpassen können. Wenn die Schule wieder beginnt, bringe ich Hagrid zu Antonia, die ist Hundesitterin. Früher war sie Krankenschwester, daher kennt sie meine Mami. Sie nimmt ihn dann, solange Unterricht ist."

„Ob sie auch Perla nehmen würde? Die beiden verstehen sich doch sehr gut und sie macht auch kaum Arbeit."

Lissy zuckte nur die Schultern. „Keine Ahnung. Wir könnten sie einfach fragen. Es ist ganz in der Nähe und direkt auf unserem Schulweg."

„Dann lass uns das machen, aber erst brauchen Perla und ich noch eine Extrarunde."

Nachdem Fritzi ihre Runde auf der Hindernisstrecke beendet hatte, ohne außer Atem zu geraten, machten sich beide auf den Weg zu Antonia, die keine Probleme damit hatte, auch einen zweiten Hund zu übernehmen.

Bei dieser Frau mit den kurzgeschnittenen, fast weißen Haaren und dem freundlichen Gesicht, hatte Fritzi gleich ein gutes Gefühl. Sie nahm eine Visitenkarte entgegen und versprach, dass ihr Vater anrufen würde, um die Einzelheiten zu vereinbaren.

Antonia zeigte ihnen noch den Garten, in dem die Hunde ausreichend Platz zum Herumtollen hatte.

„Ich hoffe, dass es keine Probleme geben wird", seufzte sie.

„Nebenan ist ein ziemlich großer Hund, der Herr Klein heißt und meist schlechte Laune hat. Er knurrt und bellt manchmal pausenlos. Lasst die Hunde einfach mal laufen."

Perla und Hagrid hatten den Zaun zum Nachbargrundstück noch nicht erreicht, als sich ein riesiger Hund zähnefletschend und knurrend an den Zaun schob.

„Oh, je", stöhnte Lissy, „das ist eine deutsche Dogge, die können ziemlich gefährlich werden."

Hagrid blieb schon vorsichtig witternd stehen und schaute hilfesuchen zu Lissy, während Perla unbeirrt weiter auf den Zaun zu ging.

Dort angekommen, bellte sie zweimal und ging mit ihrem schmalen Kopf dicht an das Gitter, als wollte sie dem furchterregenden Hund etwas zuflüstern.

Es sah tatsächlich so aus, als ob er zuhören würde, dann winselte er kurz auf, blieb am Zaun stehen und wedelte erfreut mit dem Schwanz. Antonia war verblüfft. „So habe ich den ja noch nie erlebt. Jetzt nehme ich eure Hunde umso lieber. Aber ich habe noch ein Problem. Jeden Mittwoch am Nachmittag treffe ich mich mit den Krimifrauen im alten Bahnhof. Da müsstet ihr eure Hunde früher abholen."

„Das geht", versicherte Lissy, die den Stundenplan schon kannte, „da haben wir sowieso früher Schluss."

Fritzi druckste noch ein wenig herum.

Wie immer wenn sie aufgeregt war, zog sie ihre braunen Haare fester in den Pferdeschwanz, fasste sich dann aber doch ein Herz. „Arbeiten Sie da auch an richtigen Verbrechen?"

Antonia lächelte. „Manchmal ja, wir haben schon einmal geholfen, Einbrüche aufzuklären und den Verbrecher festzunehmen. Das war echt spannend. Aber meistens reden wir nur über unsere Lieblingskrimis. Warum fragst du?"

„Ich habe Sorge, dass unseren Hunden etwas passieren könnte. Es ist ein Hundehasser unterwegs, der vergiftete Köder auslegt. Wir passen sicher ganz toll auf, aber wenn man den finden und verhaften könnte, würde ich mich besser fühlen."

„Es gibt wirklich jede Menge Idioten auf der Welt", schimpfte Antonia. „Aber die, die einem Tier so etwas antun, das sind die Schlimmsten. Ich werde meiner Freundin Laura davon erzählen, ihre Enkelin ist Privatdetektivin. Die wissen bestimmt, wie man das möglichst schnell aufklären könnte. Hier sind eure Hunde jedenfalls erstmal sicher."

Als Daniel Winter, Fritzis Vater, am Abend mit Antonia geredet und anschließend die Detektivin beauftragt hatte, fühlte sich Fritzi wieder etwas ruhiger. Am nächsten Tag würde sie auch noch ihre Freunde vom *Club der kleinen Millionäre* informieren, vielleicht konnten auch Kinder etwas gegen den Hundehasser unternehmen.

Tanja Walter, die beste Freundin von Fritzi, war am Dienstag schon sehr früh unterwegs zum Treffpunkt. Sie trug vorsichtig eine Platte mit belegten Broten, die sie zuhause vorbereitet hatte, weil sie ihren Freunden gerne eine Freude machte. Ganz besonders Fritzi, die ihre erste echte Freundin geworden war. Sie wäre auch gerne so stark und mutig, wie Fritzi gewesen, aber leider war sie die Kleinste.

Seit sie nicht mehr bei ihrer Oma lebte, hatte sich zwar ihr Gewicht normalisiert, aber sie schleppte noch vieles mit sich herum, das ihr das Leben schwer machte. Nachdem sie die Platte mit dem Essen auf dem Gepäckträger befestigt hatte, zog sie den Fahrradhelm über ihre schwarzen Haare, die sie heute zu einem Zopf geflochten hatte und machte sich auf den Weg.

Wie immer im Sommer würde sich der *Club der kleinen Millionäre* in Sportys Baumhaus treffen.

Dieses Baumhaus hatten sie gemeinsam repariert und immer angenehmer gestaltet. Es war ihr liebster Treffpunkt, auch weil sie dort völlig ungestört waren. Nebenan war die Firma von Sportys Onkel Mats, wo Wohnungen geräumt und Autos verschrottet wurden. Sonst war weit und breit nichts, außer Wiesen und einem kleinen Wäldchen.

Tanja liebte das Baumhaus genauso sehr wie die anderen, wenn es nur nicht so hoch gewesen wäre! Man konnte es nur über eine Strickleiter erreichen und sie hatte fürchterliche Angst abzustürzen. Sie konnte nicht nach unten schauen, ohne dass ihr schlecht wurde. Beim ersten Mal hatte sie schon nach den unteren Streben völlig bewegungslos gehangen, weil sie vor Angst wie erstarrt war. Sporty hatte sie von oben beobachtet, sie aber nicht ausgelacht, wie sie befürchtete.

Er ließ sie wieder zurückkehren, weil er die Befestigung überprüfen müsse. Das hatte er zumindest behauptet. Dann war er hinter ihr nach oben geklettert, wobei sie die Augen schließen und das Seil nur tasten musste. Das sei eine Mutprobe der besonderen Art, hatte er gegrinst, als sie sicher oben anlangten.

Er war wirklich ein guter Freund. Manche Kinder lachten sie aus, wenn sie Angst vor etwas hatte und was Erwachsene manchmal machten, daran wollte sie gar nicht denken…Nicht heute!

Als sie zum Baumhaus kam, war die Strickleiter nicht zu sehen, deshalb rief sie nach Sporty.

„Kannst du mir helfen, ich habe Schnittchen mitgebracht!"

Das musste sie bei Sporty nicht zweimal sagen. Gelenkig wie ein Äffchen, war er im Nu so schnell unten, dass Tanja fast neidisch wurde.

Ohne nervige Diskussionen, strich er seine kastanienbraunen Locken zurück, die ihm immer in die Stirn fielen und übernahm die Platte mit dem Essen, natürlich nicht ohne vorher neugierig zu schnuppern. Erst dann ließ er sie wieder vorausklettern und lächelte nur, als sie oben deutlich erleichtert aufatmete.

„Das sieht gut aus", betonte er, nachdem er die Verpackung entfernt hatte. „Meine Matka hat uns Eistee vorbereitet."

Tanja blickte ihn überrascht an. „Wer?"

„Na, meine Mutter. Matka ist russisch, das gefällt mir besser. Habe ich von Oleg aus der Trainingsgruppe."

Als nächste kamen Lissy und Fritzi, die ihre Hunde im Umschlagtuch nach oben beförderten und gleich nach ihnen die blonden Zwillinge Betty und Ben und als letzter der rothaarige Noddy. Natürlich war Hagrid die Sensation. Er schien überhaupt nicht scheu, sondern grinste alle an, als wenn sie schon ewig beste Kumpel wären.

Sporty, der in diesem Sommer schon wieder gewachsen schien, beugte sich übertrieben tief nach unten. „Der ist aber klein! Darf der denn schon alleine auf die Straße?"

Lissy grinste nur. „Der ist nicht klein, er ist platzsparend. Und er passt ganz prima zu mir."

Als dann Hagrid wie zur Bestätigung bellte, mussten alle lachen, bis Betty zur Ordnung rief.

Nachdem sie alle Fragen zum Sparen und Anlegen geklärt hatten, wandte sich Lissy wieder der Sorge um ihr Hündchen zu.

„Wir haben gestern mit Antonia, die unsere Hunde betreuen wird, schon darüber gesprochen, dass wieder ein Verbrecher unterwegs ist, der Hunde hasst und Giftköder auslegt. Antonia gehört zu den Krimifrauen, die auch schon Fälle gelöst haben und sie wird uns helfen."

Lissy hatte sich so in Rage geredet, dass ihr entgangen war, wie furchtsam Tanja bei dem Wort Verbrecher zusammengezuckt war. Fritzi setzte fort und berichtete, dass ihr Vater schon die Privatdetektivin Sophie Graf beauftragt habe, als Ben mit der Hand auf den Tisch schlug.

„Also ich verstehe euch nicht! Waren wir nicht auch schon die *Kleinen Detektive*? Und waren wir erfolgreich?" Bis auf Tanja nickten alle, weil sie sich gut erinnern konnten, wie erfolgreich sie eine jugendliche Einbrecherbande gestellt hatten.

„Und sollen wir dann zuhause sitzen und warten, dass andere den Fall lösen?"

„Nein, nein!" Aufgeregt schnatterten alle durcheinander, bis sich Betty Gehör verschaffte.

„Wir haben noch fast eine Woche, bis die Schule beginnt. Ich schlage vor, dass wir wieder mit Beobachtung beginnen, wie letztes Mal."

„Und wo willst du beobachten, wenn du gar nicht weißt, wann diese miese Type kommt?"

Natürlich musste das von Sporty kommen, dachte Betty und sah ihren Bruder hilfesuchend an.

„Ich werde eine Übersicht der Plätze anlegen", übernahm Ben, „an denen Hunde frei laufen dürfen. Wenn sie an der Leine sind, besteht kaum Gefahr, aber dort bestimmt."

„Das ist gut", stimmte Sporty zu. „Wir teilen uns auf und prüfen diese Plätze. Ich gehe mit Fritzi, denn Perla ist schlau, die findet bestimmt einen Hinweis."

„Gut", setzte Ben fort. „Noddy, du gehst mit Lissy und beschützt den kleinen Hagrid. Ich gehe mit Betty und schicke euch heute Abend noch die Standorte aufs Handy. Es sind nach meiner ersten Übersicht nur 6 Plätze. Wer etwas Wichtiges erfährt, teilt es sofort mit. Danach treffen wir uns alle an der Laufstrecke und werten aus."

Dann sah er fragend hoch. „Tanja, was möchtest du machen?"

Tanja, die nach Lissy die Kleinste in der Runde war, hätte sich am liebsten unsichtbar gemacht.

In die Nähe von Verbrechern wollte sie auf keinen Fall geraten, nie wieder! „Kann ich mit euch gehen?" Bittend sah sie Fritzi und Sporty an. „Ihr habt von solchen Sachen doch viel mehr Ahnung als ich und Fritzi ist so mutig und Sporty der Stärkste."

Und so zogen am Mittwoch wieder die *Kleinen Detektive* durch die Stadt. Überall, wo sie Hundehalter und Hundefreunde fanden, warnten sie vor der Gefahr. Leider hatte keiner etwas Wichtiges gesehen.

Perla schien ihr eigenes System zu haben. Sie bellte zwei Mal so laut, dass es den Kindern vorkam, als würde sie die Hunde rufen und wenn sie näher kamen, ihnen etwas mitteilen.
Sporty schüttelte ungläubig den Kopf und Fritzi lachte. „Sie hat jetzt alle informiert. Gib acht, beim nächsten Platz macht sie das bestimmt nochmal." Und genauso war es.

Als sie zur Laufstrecke kamen, sahen sie schon Bens enttäuschte Miene. „Nichts Konkretes, nur nichtssagende Feststellungen."
Tanja hatte an einem der Plätze von kleinen Mädchen gehört, dass ein dicker Mann mit Brille, etwas aus einem Beutel auf die Wiese geworfen habe. Aber er hatte einen Anzug getragen und sogar einen Hut gehabt. So sahen Verbrecher bestimmt nicht aus. Also schwieg sie lieber.
„Das Beste, was wir heute geschafft haben, hat Perla gemacht."
Fritzi streichelte ihr stolz über den schmalen braunen Kopf.
„Sie hat alle Hunde, die wir getroffen haben, informiert."

„Das ist doch Quatsch", erboste sich Ben.“Hunde haben lediglich einen Instinkt, aber doch keine Intelligenz."

„Aber es stimmt, was Fritzi sagt", beteuerte Sporty. „Es sah wirklich so aus, als ob alle auf sie hören."

„Bei uns war das auch so", lachte Lissy. „Hagrid hat gebellt und alle Hunde kamen auf uns zu."

„Ich habe mich sofort vor den Kleinen gestellt", berichtete Noddy ganz stolz. „Da waren riesig große Hunde dabei, aber sie haben auf Hagrid gehört und sind dann wieder weg gelaufen. Für mich sah es aus, wie Warnung nach einem Schneeball-System."

„Ihr spinnt doch alle. Das ist unwissenschaftlich!"

„Bleib ruhig, Ben." Sporty klopfte ihm grinsend auf die Schulter. „Vielleicht hat die Wissenschaft so etwas einfach noch nicht herausgefunden, noch nicht. Aber wenn es funktioniert, umso besser."

In der Detektei von Sophie Graf wurde auch intensiv diskutiert und nachgedacht. Sophie hatte ihre Großmutter gerade gründlich instruiert. Laura half an zwei Tagen in der Woche in der Detektei aus, brannte aber eher darauf, selbst zu ermitteln. Immerhin hatte sie mit ihren Krimifrauen, wesentlich zur Festnahme des Schmuckräubers Giersch beigetragen.

Heute würde sie die Frauen wie immer, im Café *Schokohimmel* im alten Bahnhof treffen und auf die Spur setzen.

Wie erwartet schlugen die Wellen der Empörung hoch. Jede der

Frauen hatte schon mal einen Hund besessen oder kannte ein besonders liebenswertes oder putziges Exemplar. Laura lächelte zufrieden darüber, wie ihre Information aufgenommen wurde.

Dieser Verbrecher würde es mit geballter Frauen-Power zu tun bekommen und die hätte der Abschaum auch verdient.

Antonia meldete sich in die allgemeine Empörung hinein.

„Ich habe ab nächste Woche zwei neue Hunde zur Betreuung, solange die Kinder in der Schule sind. Sie haben mir gestern schon von dem Hundehasser erzählt, deshalb habe ich dem Vater des einen Mädchens, Sophie empfohlen. Das sind sehr gewitzte Kinder, die schon mal eine jugendliche Einbrecherbande gestellt haben, sagt der Vater. Wir sollten uns mit ihnen austauschen."

„Sehr gute Idee", lobte Laura. „Könntest du den Kontakt halten, du bist ja direkt an der Quelle?"

„Wie gehen wir denn vor?" Claire, die früher ein Reisebüro geleitet hatte, klang etwas ungeduldig. „Ich finde, wir sollten es genauso machen, wie letztes Mal, als wir Luisas Schmuck gerettet haben."

Luisa lächelte nur. Sie war immer noch glücklich darüber, ihre Lieblingsstücke zurück zu haben.

Deshalb setzte Laura fort. „Wir sollten unsere 5 Ws besprechen und jedes bisschen an Information zusammentragen, das wir finden können. Irgendjemand muss doch den Mistkerl gesehen haben."

Laura brauchte nicht weiter zu reden, denn Christiane, die ehemalige Lehrerin, sortierte schon die Karten und hielt dann sowohl das

Wer als auch das *Warum* hoch. „In diesem Fall kann man die beiden nicht trennen."

„Möglicherweise ist es ganz einfach", grinste Claire. „Er kann Hunde nicht leiden, seine Frau aber schon. Irgendwann hat er seine Frau vor die Wahl gestellt: Der Hund oder ich! Und die Frau hat den Hund vorgezogen."

In das Gelächter hinein, überlegte Antonia. „Vielleicht hat er einfach Angst vor Hunden, weil er schon mal gebissen wurde."

Emilia, die frühere Psychologie-Dozentin, schüttelte vehement den Kopf. „Das reicht nicht aus für diesen Hass, der sich ja gegen alle Hunde richtet. Da muss vieles vorgefallen sein und wahrscheinlich ein tief sitzendes Vater-Problem."

Bevor Laura die Augen verdrehen konnte, hielt Christiane die Karten *Was* und *Wie* nach oben.

„Auch das gehört zusammen", stellte Laura fest. „Soweit wir wissen, benutzt er Rattengift, das er auf Fleischstücke aufbringt. Wo kauft er diese Sachen ein?"

Sie sah noch fragend in die Runde, als sich Stella räusperte. „Das Gift kann er auch im Internet bestellt haben."

„Gut möglich." Claire beugte sich vor. „Dann müssen wir die Postzusteller befragen."

Nachdem keine weitere Meinung folgte, zeigte Christiane das Schild *Wann*.

„Das ist die schwierigste Frage", erläuterte Laura. „Sophie hat heute früh mit Felix telefoniert. Die beiden sind übrigens jetzt fest zusammen. Er sagt, die Polizeistreifen würden regelmäßig abends die Hundelaufplätze kontrollieren, aber da ist alles sauber. Wir wissen allerdings auch nicht, wie schnell das Gift wirkt."

„Also bleibt immer noch nachts, morgens und vormittags."

Luisa zuckte ratlos mit den Schultern. „Wie sollen wir das beobachten?"

„Wir können daraus auf jeden Fall etwas anderes schließen", lächelte Laura. „Das kann keiner sein, der pünktlich um 8.00 Uhr in einer Werkhalle oder einem Laden steht. Das ist jemand, der nachts arbeitet oder seine Zeit frei einteilen kann. Lasst uns alles zusammentragen, was wir finden. Wie immer per Mail an mich, Dringendes über Whats app, das hat mir Sophie eingerichtet."

Am Donnerstag brannte in Sophies Detektei die Luft. Ständig kamen neue Puzzleteilchen für den Fall zusammen, von den Krimifrauen, aber auch von den Kindern. Sophie schmunzelte, als sie an das Treffen mit den Kinder dachte, die zwar von einer echten Detektivin beeindruckt waren, sich aber dennoch ziemlich sachkundig gezeigt hatten. Auch sie drängten genau wie die Krimifrauen darauf, den Fall möglichst schnell aufzuklären und würden jede wichtige Beobachtung übermitteln.

Erstaunlicherweise gab es keine neuen Vergiftungsfälle.

Ob der Hundehasser aufgegeben hat?

Sophie überlegte noch, als Oma Laura am Nachmittag hereinstürzte und triumphierend ein Blatt auf den Schreibtisch fallen ließ.

„Wir haben sie, Sophie-Schatz, allerdings sind es zwei. Wir haben Postzusteller, Drogerien, Kammerjäger und ähnliches abgeklappert. Es gibt nur zwei Männer, die größere Mengen Rattengift gekauft haben. Einer hat erzählt, er saniert ein altes Haus, unter dem Kanäle verlaufen, und dort sollen Ratten in Massen hausen.

Der zweite hat sich fürchterlich aufgeregt, weil das Paket beschädigt war, nur deshalb hat die Zustellerin überhaupt das Gift gesehen."

„Super, Omi, dann brauchen wir noch ein bisschen Klatsch aus der Nachbarschaft."

Laura tippte salutierend an die Schläfe. „Wird sofort erledigt."

Sophie überlegte, welches Ausschlussverfahren ihr am schnellsten weiterhelfen würde. Sie hatte Felix gebeten nachzusehen, wer sich über Hunde beschwert oder Hundehalter angezeigt hatte. Aber auch das brachte sie nicht weiter.

Währenddessen kontrollierten die *Kleinen Detektive* wieder die Auslaufplätze. Da Sporty an einem Radrennen teilnahm, gingen Fritzi und Tanja gemeinsam. Fritzi fiel sofort auf, dass sich Tanja, ohne Sporty als Beschützer, nicht sicher fühlte. „Wieso hast du so viel Angst? Wir haben Perla bei uns, niemand kann dir etwas tun."

Tanja ging lange schweigend neben Fritzi her, fasste sich dann aber doch ein Herz. „Ich habe schlimme Angst vor Verbrechern."

„Aber wieso?"

Tanja ließ sich auf eine Bank fallen. „Du weißt doch, dass ich früher bei meiner Oma gelebt habe, als meine Mutti so lange krank war. Meine Oma hatte noch einen Sohn, Muttis Halbbruder, der inzwischen schon tot ist. Und das war ein richtiger Verbrecher. Er und seine Leute haben Sachen geklaut und in Omas Haus gelagert, ohne dass sie es wusste. Ich habe sie gesehen, aber sie haben gesagt, dass sie meine Mutti umbringen, wenn ich sie verrate. Und jetzt habe ich solche Angst, dass dieser Verbrecher auch so etwas machen könnte."

Tanja schluchzte so verzweifelt, dass ihr Perla winselnd den Kopf auf die Knie legte und Fritzi die Freundin umarmte.

"Das wird auf keinen Fall passieren. Der wird eher vor uns oder Perla Angst haben. Aber ich zeige dir einen tollen Trick, wie du mutiger werden kannst. Das habe ich bei Frau Herz, Lissys Oma, in der Therapie gelernt. Die Übung heißt Rapid Relaxer und gehört zur Mentalfeldtechnik, hat Frau Herz gesagt."

Geduldig zeigte sie ihrer Freundin die Punkte zum Klopfen und freute sich, als diese erleichtert aufseufzte.

Dann griff sie zu ihrem Handy, das gerade eine Nachricht angekündigt hatte. „Super, Sophie teilt mit, dass sie schon zwei Verdächtige haben. Einer könnte ziemlich dick sein."

„Oh, je!" Tanja stotterte fast vor Verlegenheit.

„Auf dem ersten Platz hat mir ein Mädchen erzählt, dass dort am Vormittag ein dicker Mann etwas aus seinem Beutel auf die Wiese hat fallen lassen. Er trug einen Anzug und einen Hut und hatte eine Brille. Ich dachte, so einer könnte kein Verbrecher sein, die sahen damals anders aus."

Fritzi grinste nur. „Wenn man Verbrecher so einfach erkennen könnte, dann brauchten wir keine Polizei und auch keine Detektive. Ich gebe die Info gleich weiter, noch ist es nicht zu spät."

Am Freitag verdichteten sich die Indizien immer mehr.

Nach Tanjas Hinweis schied der erste Verdächtige, der dünn wie eine Bohnenstange war, schon aus. Außerdem hatte er selbst einen Hund.

Nachdem Emilia mit der Nachbarin des zweiten gesprochen hatte, war offensichtlich, dass sie den Richtigen im Visier hatten.

Claudius Rothe, ein nach außen hin gut situierter, selbständiger Steuerberater, der erst kürzlich geschieden wurde, war im Haus sehr unbeliebt, hatte ihr die freundliche alte Dame erzählt.

„Er wäre einer, der sich ständig beschwert, vor allem wegen der Haustiere. Und das Beste ist, seine Frau hatte einen Hund und hat ihn auch mitgenommen", lachte Emilia am Telefon. „Da hatte Claire den richtigen Riecher."

Als Stella beim Einkaufen in der Fleischerei in der Nähe von Rothes Wohnung mit der Verkäuferin sprach, war die gerne bereit, sich über den unhöflichen Kunden auszulassen, der sonst alles genauestens abwiegen ließ, aber plötzlich große Fleischstücken verlangte.

Zufällig hatte der Verdächtige genau in diesem Moment den Laden betreten. Stella musste sich blitzschnell zurückziehen, konnte ihn aber clever noch beim Verlassen des Geschäftes fotografieren. Leider nur von der Seite, aber das musste zunächst reichen.

„Damit ist die Sache klar", fasste Ben für die *Kleinen Detektive* zusammen. „Wir wissen, wer es ist, ihr habt alle das Foto, aber beweisen können wir es nicht. Noch nicht."

„Wenn wir vormittags die Auslaufplätze kontrollieren, ertappen wir ihn garantiert", schlug Sporty vor.

„Aber", wandte Tanja ein, „wie sollen wir ihn denn festhalten, der ist doch stärker als wir."

„Wir brauchten Seile oder ein Lasso, dann kriegen wir ihn." Ben war schon ganz begeistert, bis ihn seine Schwester wieder stoppte. „Siehst du hier vielleicht irgendwelche Cowboys mit Pferden? Nein? Dann vergiss das Lasso!"

„Aber viele Kleine können einen Großen auch umhauen. Bei *Die Nacht im Museum* war das auch so. Das geht!", rief Lissy.

„Denkt an *Gullivers Reisen ins Land Liliput*. Das war die gleiche Taktik", wurde sie von Noddy unterstützt. „Nur brauchen wir dann ein schnelleres Informationssystem. Es muss reichen, einen Button auf dem Handy zu drücken und die anderen kommen zu Hilfe."

„Und dann rufe ich die 110. Meine Tante Charly sitzt jetzt in der Notrufzentrale. Die schickt sofort die Kavallerie!" Sporty sah schon das erfolgreiche Ende dieses Falles vor sich.

Am Samstag waren die sieben *Kleinen Detektive* und die sieben Krimifrauen gemeinsam im Einsatz, weil alle nur denkbaren Auslaufplätze gleichzeitig überwacht werden sollten.

Sophie koordinierte die Maßnahmen und hielt Kontakt zu Felix und den anderen Polizisten.

Sporty, der mit Oma Laura unterwegs war, hatte vorsorglich sein Fahrrad mitgebracht, falls ein Blitzeinsatz erforderlich werden sollte.

Für Tanja und Claire blieb zum Schluss nur noch die Wiese an der Laufstrecke, aber keiner erwartete ernsthaft, dass er dort auftauchen würde. Die beiden vertrieben sich die Zeit, indem sie über Kochrezepte redeten. Claire war weit gereist und Tanja, die später Köchin werden wollte, lauschte fasziniert den Beschreibungen der Rezepte und der exotischen Zutaten.

Sie wurden erst aufmerksam, als sich ein älterer, korpulenter Mann mit einer Tasche näherte, der den Blick starr auf den Boden richtete. War er das? Beiden stockte der Atem.

„Bleib ganz ruhig", zischte Claire Tanja zu. „Wir müssen völlig harmlos aussehen, so als gehörten wir hierher."

Der Mann schenkte ihnen keinerlei Beachtung und ging langsam vorbei.

Claire stand lautlos auf und flüsterte Tanja ins Ohr. „Du bleibst hier. Ich folge ihm und versuche zu fotografieren."

„Sollten wir nicht die anderen rufen?" Tanja flüsterte noch leiser.

„Lass mich erstmal was überprüfen." Mit diesen Worten verschwand Claire geduckt im Gebüsch.

Erst jetzt wurde Tanja bewusst, dass sie ganz alleine war und schon fing ihr Herz an, lauter zu pochen.

Aber dann erinnerte sie sich an Fritzis Tipp und nachdem sie geklopft hatte, wurde sie ruhiger.

Fast begann ihr ein wenig langweilig zu werden, als sie ein schweres Schnaufen hörte. Sofort kroch sie in ein ziemlich ausladendes Gebüsch.

Ein dicker Mann stapfte den Weg entlang und hielt dann an der Seite der Wiese an, die zum Wald zeigte. Tanja blieb fast das Herz stehen, sie brauchte keinen Vergleich mit dem Foto auf ihrem Handy. Das war der Verbrecher! Er sah sich prüfend um und ließ dann große Fleischbrocken auf den Boden fallen.

Tanja fotografierte ihn dabei mit zitternden Fingern und drückte dann den SOS-Button. Irgendwie musste sie ihn dabei gespiegelt haben, denn er wandte sich dem Gebüsch zu. Was jetzt?

Tanja dachte daran, wie tapfer Fritzi immer war und bemühte sich ruhiger zu werden.

Wenn der dicke Mann jetzt das Handy finden würde, dann könnte sie niemals beweisen, dass er der Verbrecher war und die Hunde wären immer noch in Gefahr!

Schnell versteckte sie ihr Handy in der Höhlung unter einem großen Stein. Gerade als sie noch trockenes Gras zum Schutz davorschob, wurde sie brutal aus dem Gebüsch gezerrt.

Wütend funkelte sie der dicke Mann an. „Was machst du hier? Hast du mich beobachtet? Oder hast du mich fotografiert, wo ist dein Handy?"

Tanja zitterte wirklich vor Angst und auch das Stottern musste sie nicht vortäuschen. „Ich, ich habe noch keins."

„Wie heißt du?" Der dicke Mann schüttelte sie heftig und brüllte noch lauter.

Er war schon krebsrot im Gesicht, als Tanja ihren Namen flüsterte. „Wenn du das, was du gesehen hast, jemandem verrätst, finde ich dich und bringe dich und deine Eltern um! Hast du das verstanden?"

Als Tanja verängstigt nickte, wie damals bei den Verbrechern auch, drehte sich der Mann um und ging einfach. Tanja konnte es nicht fassen. Der wollte einfach gehen, jetzt ist aber Schluss! Auf einmal spürte sie eine solche Wut auf diesen Mann und auf alle, die Kindern Angst machen.

„Sie bleiben hier! Und sie werden keine Hunde mehr vergiften, das lasse ich nicht zu!"

Sie war selbst darüber erschrocken, wie laut und kräftig ihre Stimme klang, aber der Mann zuckte nur mit der Schulter und wollte verschwinden. Nein! Jetzt musste sie handeln.

Sie stürzte sich auf ihn und klammerte sich an seinem Bein fest.

Er schleppte sie einige Schritte mit sich und hob dann die Hand, um nach ihr zu schlagen.

In dem Moment raste Sporty mit seinem Rennrad quer über die Wiese und fuhr dem Verbrecher so hart gegen den Bauch, dass er auf den Rücken fiel und wie ein Mistkäfer mit den Beinen zappelte.

Tanja krabbelte schnell zur Seite und stellte sich hinter Sporty.

Jetzt trafen auch alle anderen ein, die Kinder, die Krimifrauen und Felix mit Sophie auf einem Motorrad.

Sobald der Mann die Uniform sah, erhob er sich erstaunlich schnell. „Wachtmeister, ich werde hier angegriffen. Ich bin ein unbescholtener Bürger und verlange Polizeischutz!"

„Was haben Sie eigentlich hier gemacht?" Felix hielt sich etwas zurück, weil der Polizeiwagen noch weiter zurücklag, erst dann konnte der Zugriff erfolgen.

„Ich bin hier nur spazieren gegangen, als sich diese Kinder wie die Furien auf mich gestürzt haben."

„Das stimmt nicht!" Tanja hatte inzwischen ihr Smartphone zurückgeholt und zeigte Felix die Fotos. „Er will die Hunde vergiften. Dort am Wald hat er Fleischbrocken hingeworfen."

Auf einen Wink von Sophie sicherten Oma Laura und Luisa sofort die Beweisstücke in Beuteln.

„Das können Sie mir niemals nachweisen. Das Kind lügt und das Fleisch kann sonst wer hingeworfen haben. Das sind haltlose Unterstellungen, ich werde Sie alle verklagen."

Felix und Sophie sahen sich etwas ratlos an. Konnte sich dieser Hundehasser so einfach der Strafe entziehen?

Gerade als Claudius Rothe tatsächlich im Begriff war, einfach zu gehen, bellte Perla mehrfach und sehr laut. Hagrid fiel sofort ein. Rothe zuckte zusammen und versuchte sich in Richtung Wald zurück zu ziehen.

Da erschienen plötzlich aus allen Richtungen Hunde. Einige trugen noch ihre Hundeleine und zogen ihre Besitzer hinter sich her, andere wie Herr Klein, die deutsche Dogge, waren vermutlich über Zäune gesprungen.

Jetzt bellte Perla wieder zweimal und eine gespenstische Ruhe trat ein. Auch die Menschen wurden still, so verblüfft waren sie über das Geschehen. Die Hunde bellten jetzt nicht mehr, aber sie rückten schrittweise im Halbkreis auf den Hundehasser zu.

Rothe brach der Schweiß aus, als er sich dieser schweigenden Armee gegenüber sah. „Machen Sie endlich was, nehmen Sie die

Hunde weg!"

Als Felix eingreifen wollte, hielt ihn Oma Laura zurück.

„Jetzt kriegst du gleich das Geständnis, das du brauchst", flüsterte sie.

Die Hunde rückten weiter vor und Rothe wurde immer fahriger und begann zu jammern.

„Geht weg! Ich hasse Hunde, ich hasse euch alle! Ich hätte noch mehr Hunde vergiften sollen! Jedem sind Hunde wichtiger als ich, meiner Frau, meinem Vater. Immer werden Hunde vorgezogen! Ich hasse euch alle! Ich werde nie aufhören, bis alle Hunde tot sind!"

Die Umstehenden waren nach diesem Ausbruch wie erstarrt.

„Manche Menschen sind wirklich echte Schätze, die möchte man am liebsten gleich wieder vergraben", raunte Oma Laura den anderen zu.

Rothe schien sich beruhigt zu haben, er wimmerte nur noch vor sich hin.

Dann aber richtete er sich wieder auf und funkelte alle wütend an.

„Ich werde weiter Hunde töten und wenn ich sie mit eigenen Händen erwürgen muss! Euch beide ganz bestimmt!"

Mit hasserfülltem Blick fixierte er Perla und Hagrid und stürzte plötzlich nach vorne, um sie zu schnappen, aber das drohende Knurren eines riesigen Hundes, mit gefletschten Zähnen vor seinem Gesicht, ließ ihn zurücktaumeln.

„Herr Klein hat unsere Hunde beschützt, super!"Auch Lissy flüsterte in dieser sonderbaren Stille.

Als Felix und seine Kollegen nach vorne traten, öffneten die Hunde nur eine schmale Gasse und zogen sich erst zurück, als die Handschellen an dem sich heftig wehrenden Rothe klickten.

„Was passiert jetzt mit ihm?" Oma Laura sah dem Hundehasser hinterher. „Das kommt auf den Richter an", flüsterte Sophie. „Auf jeden Fall gibt es ein saftiges Bußgeld, aber wie der sich aufgeführt hat, tippe ich eher auf die Psychiatrie."

In dem allgemeinen Aufatmen klatschten sich die Kinder und die Krimifrauen gerade ab, als Claire zurückkam. Als sie hörte, was sie verpasst hatte, umarmte sie Tanja erschüttert.

„Es tut mir so leid, Schätzchen, dass ich dich ausgerechnet jetzt alleine gelassen hatte."

„Aber so hatte sie die Gelegenheit unsere Heldin zu werden. Super-Tanja!" Sporty hielt ihren Arm nach oben und alle klatschten.

„Und wo warst du, Claire?" Laura klang etwas enttäuscht.

„Ich habe den falschen, dicken Mann verfolgt. Es war nur ein Großvater, der die Brille gesucht hat, die sein Enkel gestern beim Laufen verloren hat."

Natürlich bekamen Perla und Hagrid viele Sonder-Streicheleinheiten und die Würstchen, die sie besonders liebten.

Am liebsten hätte jedes der Kinder auch so einen tollen Hund gehabt, nur Sporty nicht.

„Ich wünsche mir keinen Hund mehr, denn ich bekomme Perla geschenkt und eine Schwester dazu." Grinsend legte er den Arm um Fritzis Schulter und genoss die fragenden Blicke der anderen sichtlich. „Wir haben sie erwischt! Fritzis Dad und meine Matka haben sich geküsst, richtig wie im Fernsehen."

Und Fritzi grinste genauso erfreut zurück. „Und nicht nur einmal. Wie peinlich!"

Am Nachmittag trafen sich alle zu einer Siegesfeier im Café *Schokohimmel* im alten Bahnhof.

Alle Krimifrauen, Sophie, Felix und die *Kleinen Detektive* mit Anhang, waren von Daniel Winter, Fritzis Vater und Johanna Herz, Lissys Oma, eingeladen worden, den glücklichen Ausgang einer Ermittlung zu feiern, die für alle eine Herzenssache war.

Sophie und Felix, die sehr eng zusammengerückt waren, schienen nur Augen für sich zu haben, bis Oma Laura sich etwas lauter räusperte. „Und warst du mit uns zufrieden?"

Sophie lächelte begeistert. „Natürlich Omi! Ihr seid doch die Besten!"

Felix lachte auch und klopfte Laura auf die Schulter. „Wir hätten auch schnellere Ergebnisse, wenn ihr immer für die Polizei arbeiten würdet, aber leider können wir uns solche Spitzenkräfte nicht leisten."

„Du bist ein Scherzkeks, aber ein charmanter." Laura prostete ihm zu und lächelte. „Das haben wir in diesem Fall wirklich nur für die Hunde getan. Und die sind es wirklich wert."

Sie zeigte auf Perla und Hagrid, die sich gerade vor ihrem Publikum produzierten. Felix lachte ebenfalls begeistert. „Ich schaffe mir auch bald einen Hund an. Meine Kinder sollen nicht ohne einen Hund aufwachsen."

„Deine Kinder?" Sophie sah ihn fragend an.

„Willst du etwa keine Kinder? Ich möchte alles, Kinder, Haus, Garten, Hund, das ganze Programm."

Übermütig versuchte er den Arm um ihre Schultern zu legen, während sie ganz bewusst von ihm abrückte.

„Und meinst du nicht, dass du vorher vielleicht noch etwas anderes brauchst?"

Felix sah sie mit gespieltem Staunen an. „Ich brauche noch etwas? Aber nein, Sophie-Schatz, außer dir brauche ich nichts!"

Und während sie ihn noch empört an den Oberarm boxte, ergänzte er leise. „Und den Rest kriegen wir auch noch hin."

Der gierige Investor

„So etwas auf keinen Fall!"

Sophie Graf schob das Hochglanz-Magazin mit ausladenden Hoch-
zeitskleidern rigoros zur Seite und sah ihre Freundin Chrissie entschlossen an. „Ich bin nun mal nicht der Prinzessinnen-Typ, also
werde ich das auch nicht zu meiner Hochzeit sein. Ganz abgesehen
von diesen irrsinnigen Preisen. Ich bitte dich, sehe ich so aus, als
hätte ich im Lotto gewonnen?"

Chrissie schmollte ein wenig und strich sich ihre rotblonden Locken zurück. Seit ihr Bruder Felix mit ihrer Freundin Sophie fest
zusammen war, hatte sie davon geträumt, eine hollywoodreife
Hochzeit zu organisieren. Ihre eigene würde frühesten in 10 Jahren
oder nie stattfinden und ihre Schwester Cindy verbummelte ihr
Leben lieber.

Also blieb nur Sophie, um ihre Träume zu verwirklichen.

„Ich dachte, jede Frau würde sich an diesem Tag wie eine Prinzes-
sin fühlen wollen."

Sophie grinste, sie kannte die Fantasien ihrer Freundin. „Das schon,
aber das Kleid ist doch nicht das wichtigste, das ist für mich Felix.
Er ist einfach super…."

„Hör bloß auf", unterbrach Chrissie sie und hielt sich mit übertrie-
benen Gesten die Ohren zu. „Du kriegst schon wieder diesen Blick.
Ich will nichts über das Sex-Leben meines Bruders wissen. Er ist

mein großer Bruder. Punkt."

Sophie lachte. „Dann gebe ich dir jetzt eine jugendfreie Übersetzung. Du kennst doch die Brownies, die Letty jetzt macht?"

„Die sind echt super", bestätigte Chrissie schwärmend. „Und mindestens auf jedem zweiten steht mein Name, die sind für mich bestimmt."

„Und Felix ist für mich so etwas Besonderes, ein Nullkalorien-Brownie mit einer Doppelportion Sahne. Und jetzt lass uns ein Kleid finden, in dem ich auch tanzen kann."

Chrissie sah sie immer noch zweifelnd an, blätterte dann aber ganz gezielt in ihren Zeitschriften, um Sophie ein neues Modell zu präsentieren.

„Das ist auch ein Princess-Style, aber sehr bequem und später, wenn du es einfärbst, sogar alltagstauglich."

Sophie warf nur einen kurzen Blick auf das Kleid mit schmaler Taille und schwingendem Rock und nickte. „Das passt. Kann es deine Schwester noch rechtzeitig nähen?"

Chrissie seufzte. „Ich hoffe es, aber bei ihr weiß man das nie. Sie macht alles Mögliche, aber selten das, was sie soll."

Sophie klopfte ihr tröstend auf die Schulter. „Sie wird schon irgendwann erwachsen werden. Ich muss jetzt los, ein neuer Auftrag von der *Weiberwirtschaft*, diesem Einkaufszentrum, das vor kurzem eröffnet hat. Emilia hat mich empfohlen, die Geschäftsführerin ist wohl eine Freundin von ihr. Ich melde mich wieder."

Obwohl sich Sophie als Privatdetektivin schon seit längerem nur noch auf die Suche nach wertvollen Kunstgegenständen, Erb- und Erinnerungsstücken konzentrierte, half sie in diesem Fall gerne. Immerhin waren Emilia und die anderen Krimifrauen mittlerweile eine feste Größe bei ihren Ermittlungen.

Anfangs glaubte sie sich verfahren zu haben, da ihr die Orientierung bei den vielen Plattenbauten doch etwas schwerer fiel, aber das kleine Einkaufszentrum war nicht zu übersehen.

„Und das sollte man auch keinesfalls", murmelte Sophie, die von dem Anblick einfach entzückt war.

Blendend weiße, Gebäudetrakte mit zwei-oder drei Etagen umschlossen einen Platz, der sehr italienisch aussah, bis auf die schlanken deutschen Linden, die bei den sommerlichen Temperaturen wohltuenden Schatten spendeten.

In der Mitte plätscherte ein Brunnen, dessen Wasser ein großes Mühlrad antrieb. Ein pausbäckiger Drache saß oben auf dem Rad und schien zu überwachen, dass es sich auch beständig drehte.

Hübsche, kleine Läden und Gaststätten waren offensichtlich beliebte Anziehungspunkte für eine Menge Menschen. Vom Brunnenbecken aus floss das Wasser in einer gewundenen Rinne über den Platz und bot so eine angenehme Abkühlung.

Neben dem Wasserlauf standen bequeme Bänke und überall gab es Blumen. An den Treppenhäusern und den Bogengängen wuchsen üppige Kletter-Rosen in weiß, gelb und rosa und an den Hauswänden rankten sich Efeu und wilder Wein.

Was für ein toller Platz, um zu bummeln, dachte Sophie. Und das alles wollte sich ein gieriger Investor unter den Nagel reißen, um es in unbezahlbare Eigentumswohnungen zu verwandeln?

Sie war von der *Weiberwirtschaft* echt begeistert und konnte gut verstehen, dass die Frauen sich wehrten. Eigentlich war sie sogar selbst versucht, noch etwas durch die kleinen Läden zu bummeln, aber sie hatte ja einen Termin.

Kati Geißler, die junge Geschäftsführerin, machte auf Sophie einen sehr kompetenten Eindruck, konnte aber die Psychologin nicht so leicht ablegen, denn sie fragte als erstes: „Wie viel wissen Sie denn schon?"

Sophie lachte. „Alles, was Emilia auch weiß."

„Das ist eine Menge." Kati Geißler lachte jetzt auch. „Wir brauchen Ihre Hilfe, um dieses Problem endgültig zu lösen. Unsere *Weiberwirtschaft* soll ein voller Erfolg werden, aber solange dieser gierige Investor seine Störmanöver startet, besteht immer die Gefahr, dass wir alles verlieren. Die Polizei einzuschalten bringt nichts, weil uns die Beweise fehlen. Also haben wir einen anderen Weg gewählt."

Sophie hörte aufmerksam zu und machte sich Notizen, konnte aber ein Grinsen nicht unterdrücken, als Kati fortsetzte.

„Wir haben nach seiner Schwachstelle gesucht und auch eine gefunden. Er hat ein Verhältnis, von dem seine Frau mit Sicherheit nichts weiß, aber ihr gehört immerhin das Geld. Wenn ich ihr also überzeugende Beweise für seine außerhäuslichen Aktivitäten liefern kann, würde das seine Gier eventuell bremsen. Könnten Sie das übernehmen? Wenn ja, dann würde Ihnen meine Assistentin die Einzelheiten mitteilen."

Sophie erhob sich. „Normalerweise mache ich diese Überwachungen nicht mehr, ich bin eher auf die Wiederbeschaffung von wertvollen Dingen spezialisiert. Aber die Krimifrauen brennen schon darauf, die Observation zu übernehmen, natürlich gemeinsam mit den *Kleinen Detektiven*, die Sie ja schon kennen. Oma und Enkelkind macht sich bei so etwas immer gut. Ich melde mich, sobald wir ein Ergebnis haben."

Vor dem Zimmer der Assistentin blieb Sophie stehen. Die Tür war weit geöffnet. Eine junge Frau, die ebenso schwarze, fransig geschnittene Haare hatte wie sie, bewegte sich ziemlich gekonnt zu Musik, die nur sie aus ihren Kopfhörern wahrnehmen konnte.
Sie schien irgendetwas am Fenster zu beobachten, während Sophie interessiert die schwarzen Klamotten, die Springerstiefel und die Metallarmbänder mit Dornen betrachtete.
Dann trat sie näher und tippte der Frau auf die Schulter, die wandte sich ruckartig um und zeigte Sophie ihr blasses Gesicht, aus dem sie große, dunkel umrandete Augen vorwurfsvoll anstarrten.

„Du hast mich erschreckt! Ich bin schon alt, ich hätte einen Herzinfarkt bekommen können."

Sophie nickte nur. „Da hast du recht, aber ich hätte dich retten können. Ich bin dafür ausgebildet, auch bei alten Leuten."

Die Assistentin grinste breit und reichte ihr die Hand. „Gut gekontert. Ich bin Feli und soll dich darüber informieren, was wir bisher über die Ratte Victor Greed wissen."

Sie wies auf einen Stuhl. „Magst du was trinken, wir haben fast alles da."

Nachdem sich Sophie wie immer für Latte macchiato entschieden hatte, breitete Feli das gesammelte Material auf dem großen Tisch aus.

„Wenn du die Zusammenhänge kennst, kannst du besser verstehen, wie wichtig es für uns ist, erfolgreich zu sein. Und zwar genau bis Weihnachten. Wenn wir das nicht schaffen, kann das Bezirksamt einen Teil dieses Areals zurückverlangen und weiter verkaufen. Darauf spekuliert Victor Greed.

Wir haben hier zusammengestellt, was wir über ihn gefunden haben. Viel ist es nicht. Man weiß nicht genau, wo er herkommt, einige Quellen vermuten den Balkan, andere ein arabisches Emirat."

Feli schob Sophie einige Ausdrucke und ein Foto zu.

Die betrachtete interessiert das Foto eines dunkelhaarigen Mannes mit einem schmalen Gesicht und einem siegessicheren Lächeln.

„Er sieht sympathischer aus, als ich dachte", wunderte sich Sophie.

„Aber der stechende Blick sagt alles."

Feli nickte. „Er tut wirklich alles, um sein Ziel zu erreichen.

Als erstes hat er eine Ratte auf den Platz ausgesetzt. Das klingt zunächst nicht schlimm, aber wir verkaufen hier Lebensmittel, da kann es schnell eine Schließung geben.

Dann hat er die Elektroanlagen manipulieren lassen. Wenn es unsere Leute nicht rechtzeitig entdeckt hätten, wären wir entweder in die Luft geflogen oder abgebrannt.

Und dabei hinterlässt er keine brauchbaren Spuren, leider."

Sophie, die gerade danach fragen wollte, machte sich Notizen. Das schien wirklich kompliziert zu werden.

Feli klang fast beschwörend, als sie fortsetzte. „Wir müssen ihn unbedingt stoppen, schließlich sind wir hier angetreten, um zu beweisen, dass Frauen die besseren Manager sind. Oder siehst du das anders?"

Sophie grinste, bevor sie verneinend den Kopf schüttelte.

„Und außerdem wollen wir deutlich machen, dass der lokale Handel wirklich eine Chance hat, wenn er sich mit dem Internet verbindet. Ich finde uns zu gut gelungen, als dass die Welt auf uns verzichten könnte. Also haben wir entschieden, uns zu wehren.

Die *Kleinen Detektive* haben Fotos von ihm in den sozialen Netzwerken entdeckt, auf dem er mit einer anderen Frau zu sehen ist.

Den Rest habe ich gezaubert und das ist das Ergebnis."

Feli zog einige Fotos aus einem Umschlag.

„Das ist Millie Dollar, ein Möchtegern-Model oder so etwas Ähnliches. Der Name scheint Programm zu sein. Adresse steht hier. Allerdings ist die Besitzerin der Wohnung Frau Greed oder eigentlich Alexis von Thurn, sie hat ihren Namen nicht geändert.

Und vermutlich weiß sie auch nichts über dieses Arrangement ihres Mannes. Sie ist übrigens zehn Jahre älter als er und ihr gehört das Geld, das er so bereitwillig ausgibt. Victor Greed ist ihr 4. Ehemann."

„Und jetzt braucht ihr zweideutige Fotos, die ziemlich eindeutig sind und keine Frage offen lassen. Sehe ich das richtig?"

Während Feli nickte, grinste Sophie schon voller Vorfreude.

Bei so einem fiesen Typen würde das Fotografieren echt Spaß machen.

„Weißt du auch, welches Auto er fährt?"

„Ja klar." Feli deutete auf ein kleineres Foto, das Sophie übersehen hatte. „Das Kennzeichen habe ich nicht, aber ist so ein Angeber-Jeep, ein Hummer in schwarz."

Bis sie ihren wirklich guten Kaffee ausgetrunken hatte, war Sophie über weitere Ereignisse in der *Weiberwirtschaft* informiert, hatte das Wasser aus dem sagenhaften Glücksbrunnen gekostet und alles über das gerade nicht vorhandene Liebesleben von Feli erfahren.

Nach diesem vergnüglichen Nachmittag, beschloss sie noch zu der angegebenen Adresse zu fahren. Irgendwie kam ihr der Straßenname bekannt vor. Schon als sie in die Straße hineinfuhr, kam die Erinnerung an die peinlichen Klavierstunden, die sie hier fast ein Jahr lang erlitten hatte.

Ob Frau Wünscher, die Klavierlehrerin wohl noch hier wohnte? Wenn sie sich nicht übermäßig irrte, müsste deren Wohnung genau gegenüber von der besagten Wohnung liegen.

Sophie beschloss, einfach ihr Glück zu probieren und Frau Wünscher mit den grauweißen Löckchen, die inzwischen weit über Achtzig sein musste, freute sich sogar sie zu sehen.

Obwohl sie schon damals nicht das Zeug dazu hatte, die Konzertsäle zu verzaubern, erinnerte sich die Lehrerin sehr gut an sie.

Als Sophie bei Tee und Plätzchen ihr Interesse an der gegenüber liegenden Wohnung äußerte, lächelte die alte Dame geschmeichelt und bekam rote Wangen vor Aufregung.

„Das ist ja richtig spannend, was du da vorhast, Sophiechen, wie im Fernsehen. Und dort gibt es eine Menge zu sehen. Nicht dass ich es darauf angelegt hätte, ich beobachte halt gerne die Vögel mit meinem Opernglas. Aber immer wenn der junge Mann kommt, dann öffnet sie die Balkontür weit und dann geht die Post ab. Das kann man einfach nicht übersehen."

Sophie lächelte über den Eifer und kam zu dem Schluss, dass Frau Wünscher auch sehr gut zu den Krimifrauen passen würde.

„Kommt denn der junge Mann an ganz bestimmten Tagen?"

Frau Wünscher schien angestrengt zu überlegen und zog die Nase kraus, während sie die Tage an den Fingern abzählte.

„Nein, er war am Montag da, nachdem mein Schüler gegangen war und davor an einem Mittwoch, als mich eine Freundin besuchte. Aber es ist immer die gleiche Zeit, am Nachmittag, so zwischen 16.00 und 17.30 Uhr. Und dann gibt es allerhand zu sehen."

Sophie trat ans Fenster und musterte die gegenüber liegende Balkontür. Die lag nicht auf gleicher Ebene, sondern etwas tiefer. Wenn sie ein starkes Teleobjektiv einsetzen würde, müsste sie von diesem Platz aus alles erfassen können. Für Frau Wünscher schien ihr Anliegen eine willkommene Abwechslung zu sein, denn als Sophie ihren Plan erläuterte, ging sie sofort darauf ein.
Sophie verließ danach höchst zufrieden die Wohnung. Jetzt musste sie nur noch den richtigen Tag herausfinden, aber darum würde sich Oma Laura kümmern.

Als die wie immer am Mittwoch das Café *Schokohimmel* im alten Bahnhof betrat, warteten die Krimifrauen schon gespannt. Natürlich diskutierten sie auch gerne über klassische Kriminalromane oder lauschten den ersten Entwürfen von Emilia, die begonnen hatte Kriminalgeschichten zu schreiben.
Aber eine echte Jagd war doch eine ganz andere Herausforderung.
Zunächst gab es nach Lauras Informationen lange Gesichter.
Es ging ja nur um Observation. Aber Laura verstand es gut, sie

besser zu motivieren, indem sie ihnen von den Besonderheiten der *Weiberwirtschaft* erzählte.

Natürlich hatte sie den „Tatort" nach Sophies Auftrag als erste besichtigt.

„Mädels, es gibt dort Geschäfte, nach so etwas habe ich mein Leben lang gesucht. Ich war in einem Edel-Second-Hand-Shop mit extra großen Anprobe-Kabinen. Kein Neon-Licht, sondern zartrosa Strahler, die dich zwanzig Jahre jünger machen und natürlich haben sie tolle Sachen."

Zufrieden lächelnd zeigte sie auf ihren leichten, lavendelblauen Blazer. „Außerdem gibt es einen Hofladen mit ständig frischem Obst, Gemüse, Kräutern, Eiern und Käse, einen Kurzwaren-Laden mit Strickclub, einen schicken Italiener und ein süßes Café mit Beerenkuchen, für uns leider zu klein. Und nicht zu vergessen, eine Buchhandlung nur mit Krimis und Liebesromanen. Wo findet man schon so etwas?"

„Dort werde ich auch zum Erntefest aus meinem Krimi lesen", rief Emilia, die ehemalige Psychologie-Dozentin. „Dort ist es wirklich toll! Aber das Beste ist, alle Chefs sind Frauen und sie haben eine sehenswerte Gemeinschaft geschaffen, die es wert ist, dass wir ihnen helfen."

„Das finde ich auch", setzte Christiane, die ehemalige Lehrerin fort. „Wenn es um den Bau von bezahlbaren Wohnungen gehen würde, wäre das etwas anderes, aber diese Investoren sind doch nur auf Profit aus und vernichten ganze Wohngebiete, wie diese furchtbaren Heuschrecken in Afrika."

„Und außerdem betrügt er seine Frau. Ich kenne sie zwar nicht, aber so etwas verlangt nach Strafe!" Stella, die Witwe eines bekannten Malers, hatte da ganz klare Prinzipien.

Inzwischen hatte Laura das Foto des Investors, seines Autos und einen kleinen Lageplan verteilt. „Das habe ich für euch vorbereitet, damit wir alle die gleiche Strecke beobachten. Leider wissen wir den Wochentag nicht, aber dafür die eventuelle Uhrzeit, also zwischen 16.00 und 18.00 Uhr."

Schon fast im Aufbruch fragte Antonia, die ehemalige Krankenschwester noch nach. „Machen wir das wieder gemeinsam mit den *Kleinen Detektiven*? Das ist so schön unauffällig und mit den Kindern wird es auch nicht langweilig." Antonia, die keine Enkel hatte, möchte Lissy und ihren winzig kleinen Hund sehr gerne.

Laura sah in der Runde nur zustimmende Gesichter und nickte mit Blick auf ihre Notizen.

„Klar, sie haben sich bereits bei Sophie gemeldet. Als erste beginnen Christiane und Betty, am nächsten Tag Claire mit Tanja, dann Antonia und Lissy, Stella und Noddy, schon wegen der gleichen Haarfarbe, dann Emilia und Fritzi, Luisa mit Ben und zum Schluss gehe ich mit Sporty. In diesen Kombinationen haben wir bisher am besten harmoniert. Stimmt euch wegen der Zeiten rechtzeitig ab. Gut, dass es am Nachmittag ist, da gibt es keine Probleme wegen des Unterrichts.“

„Sollen wir uns wieder verkleiden?“ Luisa hatte das bei ihrem ersten Fall richtig genossen, obwohl ihr damals noch der Schrecken des Einbruchs zu schaffen machte.

Laura dachte kurz nach. „Warum eigentlich nicht? Auf jeden Fall müsst ihr harmlos aussehen. Seid nette alte Schachteln, wie Miss Marple sagen würde. Aber denkt daran, wenn Greed aus dem Auto steigt und zum Haus geht, auf keinen Fall irgendeine Reaktion zeigen, sondern sofort Sophie oder mich anrufen!“

„Alles klar“, rief Claire und grinste provozierend. „Darf man denn das noch sagen, „alte Schachteln“? Immerhin wollten sie doch auch den Altweibersommer abschaffen.“

Aber Laura blieb gelassen. „Wir werden doch Agatha Christie nicht korrigieren wollen. Außerdem habe ich genug von den vielen „Gouvernanten“, die einem vorschreiben wollen, was man sagen darf und was nicht!“

Auch die *Kleinen Detektive* bereiteten sich auf die Observierung vor. Ben hatte schon alle sachgerecht eingewiesen und war sich dabei seiner Bedeutung sehr bewusst.

Immerhin hatten er und Noddy das entscheidende Foto gefunden, aber alle waren schon in der *Weiberwirtschaft* gewesen und mochten das kleine Einkaufszentrum und die Frauen.

Sporty und seine neue Schwester Fritzi waren bei einigen Läden

Fahrradkuriere und seit die Mutter von Betty und Ben dort auch einen Kurzwaren-Laden eröffnet hatte, halfen die beiden oft aus.

Als Ben allen noch einmal ans Herz gelegt hatte, möglichst unauffällig zu bleiben, aber alles zu beobachten, löste das nicht gerade Begeisterung aus.

Gerade deswegen sah er noch einmal fragend in die Runde. „Ist jetzt alles klar bei euch?"

Als alle nickten, löste sich die Runde auf. Fritzi und ihre Freundin Tanja waren die letzten.

Tanja schien sich schon wieder zu viele Gedanken zu machen, obwohl sie sich beim Fall des Hundehassers als sehr tapfer erwiesen hatte. „Ich weiß gar nicht, wie man eine solche Observation macht", wandte sie sich an Fritzi. „Muss man sich dafür verkleiden?"

Fritzi zuckte nur mit den Schultern. „Genau weiß ich das auch nicht. Ich habe das mal in einem Film gesehen, da hatten alle schwarze Klamotten an und haben immerzu Kaffee getrunken."

Tanja sah sie zweifelnd an. „Es ist doch Sommer. Mit schwarzen Sachen fällt man doch garantiert auf."

„Da hast du recht." Fritzi kam jetzt auch ins Grübeln. „Wir haben einfach noch zu wenig Erfahrung, die anderen kennen das aus der Zeit, als sie die Einbrecherbande geschnappt haben. Ich werde einfach meine neue Oma Emilia fragen. Die hat bestimmt tolle Tipps, immerhin schreibt sie Krimis."

Zufrieden mit dieser Lösung, rief sie nach ihrer Hündin Perla und machte sich auf den Heimweg. Sie hatten eine spannende Woche vor sich, das müsste doch reichen, um die *Weiberwirtschaft* zu retten, oder?

Nach einer Woche war jedoch allen klar, dass Observation in erster Linie Beobachtung und Wahrnehmung bedeutete, aber nur in seltenen Fällen auch Verfolgung. Betty hatte das Wort im Lexikon nachgeschlagen und fand, es sollte besser Geduldsspiel heißen.

Sie hatte sich mit Oma Christiane so viel Mühe gegeben und Nachhilfe auf einer Parkbank simuliert, aber nichts geschah.

Die zweite Woche begann, wie die erste endete. Es passierte wieder nichts!

Auch in den folgenden Tagen verpuffte die Kreativität, die die Krimifrauen und die *Kleinen Detektive* einsetzten ins Nichts.

Egal wie viel Ideen sie hatten, um sich unauffällig zu beschäftigen, egal wie viel Langmut sie an den Tag legten, es tat sich nichts.

Erst nachdem alle zweimal beobachtet oder sich eher gelangweilt hatten und Oma Laura und Sporty fast schon gehen wollten, bog endlich das ersehnte schwarze Auto in die Straße ein.

Sporty, der gerade Kunststücke auf seinem Fahrrad zeigte, wäre beinahe abgestürzt, als ihn Oma Laura energisch zur Seite zog.

Sie rief sofort Sophie an und informierte auch Frau Wünscher, die Klavierlehrerin.

Als Sophie in höchster Geschwindigkeit den Hauseingang erreichte, zum Glück gab es gerade mal keinen Stau, sah sie schon das nächste Hindernis.

Der Fahrstuhl war defekt! Ausgerechnet heute, schimpfte Sophie innerlich, für die Lautstärke fehlte ihr die Puste.

Also rannte sie die Treppen nach oben. Bei so einer wichtigen Sache ließ sie sich auch nicht von einem defekten Fahrstuhl aufhalten. Allerdings war die 10. Etage, selbst bei ihrer guten Kondition, doch etwas anstrengend.

Frau Wünscher stand schon in der Tür, als Sophie etwas abgehetzt eintraf und zeigte lächelnd auf das Fenster, wo die Gardinen bereits zur Seite gezogen waren. Sophie holte tief Luft und schaute dann vorsichtig durch ihr Teleobjektiv zur besagten Wohnung hinüber, in der gerade die letzten Kleidungsstücke durch die Gegend flogen. Oh, ja, das würden gute und eindeutige Fotos werden.

Die beiden waren so intensiv mit sich selbst beschäftigt, als wollten sie das fehlende Treffen der letzten Woche unbedingt noch nachholen.

Sophie schoss ihre Aufnahmen aus mehreren Richtungen und achtete sehr darauf, dass ihr Objektiv nicht die Sonnenstrahlen reflektierte und das Pärchen womöglich aufschreckte.

Dann bedankte sie sich herzlich bei Frau Wünscher, die nur lächelnd abwehrte. „Keine Ursache, Sophiechen. Wir Frauen müssen doch zusammenhalten und deine *Weiberwirtschaft* schaue ich mir auch mal an."

Als Sophie beim Verlassen des Hauses zu den „Beobachtern" hinüber grinste und den Daumen hob, rannten beide zu ihr und klatschten sie lachend ab. Sporty, der zunächst das Auto interessiert gemustert hatte, klopfte dann anerkennend auf die Motorhaube und grinste triumphierend. „Schickes Teil! Aber du bist sowas von erledigt, Kumpel!"

Am nächsten Morgen meldete sich Sophie bei der Geschäftsführerin und brachte die Fotos auch gleich vorbei.

Als Kati die eindeutigen Bettszenen im Großformat betrachtete, war sie echt beeindruckt. „Wie habt ihr das gemacht? Das ist so deutlich, als hätte jemand daneben gestanden."

Sophie lächelte erfreut, verwies aber gleich auf den Anteil der Beobachter.

„Das Entscheidende war, den Rhythmus heraus zu finden, nach dem er sie besucht. Das haben die Krimifrauen und die *Kleinen Detektive* ganz versiert gemacht. Der Rest ist Technik, aber die überzeugt am meisten."

„Sie wird auch seine Frau überzeugen, ich rufe sie gleich an. Und für morgen zum Erntefest seid ihr alle zu einer großen Kaffeetafel eingeladen. Wir treffen uns nach Emilias Lesung hier im Brunnenraum. Da habe ich unsere Retter gleich alle zusammen."

Für einige der Krimifrauen war das Gelände der *Weiberwirtschaft* noch neu, doch die Kinder fühlten sich dort schon wie zu Hause und rannten nach Emilias Lesung als erste zum Brunnenraum. Dort hatte Feli eine beeindruckende detektivische Kaffeetafel vorbereitet. Es gab zwar den berühmten Beerenkuchen aus Judiths *Backstube*, aber auch eine Miss-Marple-Torte. Sogar die Servietten trugen Sherlock-Holmes-Motive.

Nachdem Kati allen für ihren Einsatz gedankt und Gutscheine verteilt hatte, wurde selbstverständlich über die gerade gehörten Fälle und die abgelaufene Aktion diskutiert, die für einige doch eher enttäuschend war.

„Ich habe den Verbrecher überhaupt nicht gesehen", klagte Betty. „Oma Christiane und ich waren so überzeugend und dann kam er gar nicht."

„Ich habe ihn zwar gesehen, als ich wieder mit Oma Laura unterwegs war", rief Sporty. „Aber wir durften ja gar nichts machen. Letztes Mal als ich den Hundehasser angefahren habe, das war noch Action!"

„Beim nächsten großen Fall seid ihr bestimmt wieder dabei", tröstete sie Sophie. „Aber hier kam es darauf an, völlig unauffällig zu bleiben, um ihn nicht zu warnen. Das ist viel schwerer, aber ihr habt das toll gemacht."

Nach einer Woche erhielt Sophie den abschließenden Anruf von Feli. „Wir haben es geschafft! Victor Greed ist aus dem Rennen.

Gestern hat Kati mit seiner Frau gesprochen und ihr die Fotos gezeigt. Wir dachten, die flippt aus, aber die war sowas von cool.
Sie hat die Fotos betrachtet und gesagt: *Der gute Victor. Hat er einmal zu oft geglaubt, dass ihm die Sonne aus seinem knochigen Hintern scheint?"*
Inzwischen ist er nicht mehr berechtigt, für die Firma zu entscheiden, also hat sie ihm vermutlich auch den Geldhahn zugedreht. Und die *Weiberwirtschaft* ist jetzt wirklich sicher, das hat sie uns garantiert."

Als Sophie Oma Laura dieses Ergebnis berichtete, reagierte die nur lakonisch. „Das war ja wohl zu erwarten. Gegen unsere geballte Frauen-Power ist auch ein gieriger Nimmersatt machtlos."
Und mit einem listigen Lächeln fügte sie an. „Obwohl es wirklich ein ziemlich langweiliger Fall war." Dabei seufzte sie, als ob sie diese unerträgliche Qual nur gerade so überstanden hätte.
Sophie schmunzelte. Typisch Oma! Dann beeilte sie sich aber, Laura und den Krimifrauen gebührend zu danken. „Ohne euch hätte ich das sicher nicht geschafft." Die winkte jedoch nur lässig ab.
„Schon gut. Wenn du darauf bestehst, kannst du gerne meinen Weg mit Rosenblättern bestreuen. Lettys himmlische Plätzchen genügen mir aber auch."

Einbruch im Museum

Sophie, die seit genau einem Tag Graf-Brunner hieß, saß auf ge-
packten Koffern und bemühte sich, nicht einzuschlafen.

Immerhin hatte ihre Hochzeitsfeier fast bis in die Morgenstunden
gedauert, ehe das Schiff mit den gut gelaunten Gästen wieder im
Hafen anlegte. Es war einfach fantastisch gewesen, so mit ihren
besten Freunden zu feiern.

Für diese unvergesslichen Stunden war ein großer Teil ihrer Ers-
parnisse drauf gegangen und sie und Felix hatten eigentlich keine
Flitterwochen-Reise geplant.

Aber Oma Laura hatte sie überrascht. Da sie wusste, dass Sophie
und ihr Mann Schiffe über alles liebten, hatte sie ihnen eine Fahrt
mit der Queen Mary2 geschenkt. Drei Tage dauerte der Aufenthalt
auf diesem Luxusliner von Hamburg nach Southampton, dann mit
dem Flieger wieder zurück.

Sophie hätte ein einfaches Postschiff auf den Hurtigrouten vorgezogen, denn die feudale Pracht auf der Queen Mary2 schreckte sie
etwas ab. Aber ihre Freundin Chrissie hatte ihr Geschenk angepasst
und ihr ein traumhaft schönes Cocktail-Kleid überreicht, im gleichen Blau, wie Sophies Augen. Felix hatte die dazu passende Flie-
ge und einen Kummerbund bekommen und sofort ironisch die Augen verdreht. Immerhin würden sie sich so beim Captains-Dinner
und beim anschließenden Ball nicht deplatziert fühlen.

Bevor Sophie einnicken konnte, kam Felix, um den Freund anzukündigen, der sie nach Hamburg fahren würde. Er sah ihre müden Augen und lächelte. „Komm, du kannst nachher im Auto schlafen, ich wecke dich, wenn wir im Hafen sind."

Die Liebe, die aus seinen Augen strahlte, wärmte sie bis zu den Zehen hinunter. Fürsorglich nahm er ihr Gepäck und ging voraus. Sophie streckte sich, für sie blieb nur noch ihre Handtasche.

„Du bist echt ein Schatz!", flüsterte sie. Er drehte sich um und zwinkerte ihr zu. „Das höre ich immer wieder gerne, auch zweimal!"

Als sie endlich zurückgelehnt auf ihrem Platz und in seinem Arm saß, begann Sophie eine leichte Vorfreude auf das Wochenende zu empfinden. Sie seufzte entspannt. Drei Tage lang keine Einbrüche, keine Diebstähle, keine Vergehen. Niemand brauchte ihre Fähigkeiten als Privatdetektivin. Auf Felix und sie wartete jede Menge Spaß, aber Oma Laura würde es zuhause mächtig langweilig werden.

Hätte sie gewusst, welche Hektik sich genau dort entwickeln würde, noch ehe sie einen Fuß auf das Schiff gesetzt hatte, wäre ihr Stoßseufzer ein anderer gewesen.

Noch genoss Oma Laura ihren Morgenkaffee und dachte über die letzten Tage nach. Was war das doch für eine schöne Hochzeitsfeier gewesen.

Sie seufzte. Was würde sie dafür geben, wenn das ihr Sohn und seine Frau noch hätten erleben können. Sophie war eine ganz bezaubernde Braut gewesen, mit ihrem schneeweißen Kleid, ihren schwarzen Haaren und den blauen Augen, wie Schneewittchen. Auch Felix hatte nicht weniger beeindruckt und zusammen waren sie ein wirklich schönes Paar.

Als sie nach dem Standesamt zum alten Bahnhof kamen, hatte Chrissie wie angekündigt, die Regie übernommen. Schon der Vorraum zum Café *Schokohimmel* war toll geschmückt, aber innen war es einfach fantastisch gewesen. Diese vielen üppigen Rosensträuße in weiß und rosa! Dass man das alles auch im November machen konnte, hatte Laura echt überrascht.

Natürlich war Letty eine sensationelle dreistöckige Hochzeitstorte gelungen sowie unzählige Cupcakes und andere Leckereien.

An der riesigen Kaffeetafel waren dann nicht nur die Familie versammelt, sondern auch die Krimifrauen und die kleinen Detektive. Als Laura bei der Vorbereitung etwas beunruhigt, auf die große Zahl der Gäste hinweisen wollte, hatte Sophie ganz entrüstet gefragt. „Soll ich denn ohne meine engsten Mitstreiter feiern?"

Für die jungen Leute, Freunde und Kollegen von Sophie und Felix gab es am Abend eine Party auf einem Schiff. Die schien sehr feucht gewesen zu sein und auch sehr lange gedauert zu haben, denn die beiden waren erst vor wenigen Stunden nach Hause gekommen.

Laura lächelte. Früher wäre sie garantiert dabei gewesen, aber heute liebte sie auch ihre Bequemlichkeit und genoss ihren ungestörten Morgenkaffee.

Nachdem allerdings ihre Tasse leer war, schaute sie sich doch etwas unschlüssig um. Es war so ungewohnt ruhig im Haus, fast ein wenig langweilig. Vielleicht sollte sie sich jetzt auch an ein ruhigeres Leben gewöhnen?

Da klingelte das Telefon. Wie elektrisiert sprang sie auf. Hoffentlich war auf der Fahrt nach Hamburg nichts passiert!

Zögernd nahm sie ab. „Laura, hier ist Henriette."

Ein erleichtertes Lächeln überzog Lauras Gesicht, dann ließ sie sich wieder in ihren Sessel fallen. „Henriette, wie schön, dass du mich mal anrufst." Sie mochte die stille, etwas schüchterne Gemmologin, seit sie vor vielen Jahren in dem Museum angefangen hatte, das Laura damals leitete.

Inzwischen war Henriette schon seit längerem ihre Nachfolgerin. „Laura, es ist etwas passiert. Vergangene Nacht wurde bei uns eingebrochen." Diese kurze Ankündigung genügte, um Laura endgültig wach zu machen und in den Detektivmodus wechseln zu lassen. „Wann war das, wie sind die reingekommen und was wurde gestohlen? Ist die Polizei schon da?"

Am Telefon blieb es zunächst still, so als müsste sich die Anruferin erst sammeln, dann meldete sich Henriette wieder mit brüchiger Stimme.

„Es fehlt eine Rippe bei dem kleineren T-Rex im Eingangssaal. Jemand hat das Fenster in dem hinteren Flur, der zur Rückseite zeigt, aufgehebelt und den Knochen abgerissen. Anschließend ist er dann in den Lagerraum gegangen, in dem die anderen Stücke vom Tendaguru-Hügel liegen, die damals 1913 bei den Ausgrabungen mitgebracht wurden. Dorthin führte eine deutliche Erdspur. Aber was sie dort gesucht haben, weiß ich nicht."

„Aber ich vielleicht", unterbrach sie Laura. „Was sagt die Polizei?"

„Die habe ich noch nicht gerufen. Bis jetzt habe ich den Boden fegen und das Fenster notdürftig schließen lassen. Für heute sind so viele Gruppen angemeldet, da kann ich nicht einfach schließen."

„Das verstehe ich", erklärte Laura mit ruhiger Stimme, obwohl sie wütend war.

Jemand war in ihr Museum eingebrochen! Gab es denn überhaupt keinen Respekt mehr vor irgendetwas oder irgendwem?

„Am besten rufst du die Polizei jetzt gleich an. Ich nehme mir ein Taxi und bin in einer Viertelstunde bei dir."

Zur gleichen Zeit, als Laura ankam, bog auch das Polizeiauto in die Straße ein. Sie überquerte die Fahrbahn vorsichtig, denn gerade setzte wieder ein unangenehmer Nieselregen ein und es wurde glatt. Laura schlug den Kragen ihres blaugrauen Steppmantels hoch und war froh, dass sie sich für einen Hut entschieden hatte. Novemberwetter mochte sie noch nie.

Als sie das Museum betrat, waren noch keine Besucher zu sehen. Sie atmete auf. Henriette erwartete sie schon aufgeregt im Vorsaal und stellte sie auch den Beamten als ehemalige Direktorin und Vorsitzende des Beirates vor.

Als Henriette den Beamten den Schaden am T-Rex zeigte, konnten sich die beiden Männer das Grinsen nur schwer verkneifen. Nach einem verschwundenen Saurier-Knochen zu fahnden, war offensichtlich nicht der Höhepunkt ihrer kriminalistischen Arbeit.

Nachdem sie das notdürftig geschlossene Fenster betrachtet hatten, folgte natürlich die Belehrung, dass auch bei einem Einbruch, der Tatort nicht verändert werden dürfe. „Aber wir werden den Vorfall natürlich aufnehmen", versicherte der ältere Beamte.

Als das Protokoll ausgefüllt war und die Beamten sich zum Gehen wenden wollten, fragte Laura, die sich bisher sehr zurückgehalten hatte, nach weiteren Spuren. „Haben die Einbrecher neben den Erdspuren auch noch etwas anderes zurückgelassen?"

Jetzt wurden die Beamten wieder aufmerksam. „Erdspuren? Wohin führten diese Spuren, nur zu den Saurier oder auch weiter?"

Der jüngere der beiden hatte sein Tablet wieder in der Hand, um die Angaben zu notieren.

„Die Spuren führten zu einem Lagerraum, in dem weitere Stücke einer alten Ausgrabung liegen", setzte Henriette an und schob nervös eine Haarsträhne hinter die Ohren, aber Laura war schon vorausgegangen.

„Da könnte es einen Zusammenhang geben", murmelte sie und öffnete die Tür. Der Lagerraum war höchst unspektakulär, eher wie ein Kellerraum mit großen Metallregalen, in denen zahlreiche, grob verarbeitete Holzkisten standen. Die Beamten sahen sich etwas enttäuscht um. „Und fehlt hier etwas?"

Henriette zuckte mit den Schultern und sah Laura hilfesuchend an. Die sah sich noch einmal prüfend um und nickte dann.

„Natürlich, der Klumpen fehlt!"

Jetzt wurde sie von beiden Beamten mit leicht belustigter Miene fixiert. „Ich dachte, das wäre ein Museum", fing der Jüngere etwas ungläubig an.

Am liebsten hätte Laura jetzt die Augen verdreht, aber hier ging es nicht um sie.

„Natürlich ist das ein Museum. Hier gibt es unwahrscheinlich viele Fundstücke aus Ausgrabungen von mehreren Jahrhunderten. In diesem Raum liegen noch Teile aus der Expedition von 1913 in Afrika. Darunter war ein größeres Felsstück, das wir seiner Größe wegen Klumpen genannt haben, es wog immerhin mehr als zwei Kilo. Woraus es bestand, wussten wir nicht, denn den damaligen Gemmologen war die mineralische Zusammensetzung unbekannt. Wir wollten den Klumpen immer mal untersuchen lassen, aber dazu fehlte das Geld. Ich glaube nicht, dass noch mehr fehlt, aber zur Sicherheit sollten wir noch eine Inventur ansetzen."

Während sich Laura an Henriette wandte, hatte die einen Umschlag aus dem Regal entnommen. „Du hattest gefragt, ob etwas zurückgelassen wurde. Das hier haben die Frauen beim Fegen sichergestellt. Aber ob es vom Einbruch oder von Besuchern stammt, kann ich nicht sagen."

Sie schüttete den Inhalt auf den Deckel einer Kiste und zunächst starrten alle neugierig darauf. Dann nahm der jüngere Polizist ein Metallteil, das Laura auch von Sophies Computer kannte, und rief. „Ein USB-Stick. Ich wette, das Ganze war so eine Art Mutprobe von Jugendlichen."

Das zweite Fundstück, eine edel aussehende Geldklammer, schien keine Rolle mehr zu spielen, wurde von den Beamten aber auch sorgfältig eingepackt.

Laura, die ihre Neugier kaum bremsen konnte, versuchte ihr Glück bei dem Älteren. „Das Büro der Direktorin ist technisch sehr gut ausgestattet. Wenn Sie den Stick hier ansehen, können Sie den Fall vermutlich gleich lösen."

Nach längerem Zögern nickte er und als der Inhalt auf Henriettes Laptop zu sehen war, grinsten die Beamten erneut. „Quadratische Gleichungen und Flächenberechnungen, das sind Matheaufgaben der 10.Klasse. Die hatte mein Großer erst vor kurzem", rief der ältere Polizist. „Dann ist das wirklich nur eine unüberlegte Aktion von Jugendlichen. Aber wir werden dem natürlich nachgehen", wandte er sich an Henriette. „Ich bin nur froh, dass wir es hier nicht mit einer international agierenden Bande zu tun haben."

Laura war sich da nicht so sicher, behielt aber ihre Meinung für sich.

Als sie wieder zuhause war, hätte sie sich am liebsten gleich mit Sophie beraten, aber das ging ja nicht. Flitterwochen unterbrach man nicht, auch nicht für das Museum, das Laura noch immer am Herzen lag.

Also würde sie bis zu Sophies Rückkehr die Ermittlungen alleine beginnen.

Zwei Dinge erschienen ihr besonders wichtig, zum einen. mehr über den Klumpen und seine mögliche mineralogische Zusammensetzung zu erfahren und zum anderen, die *Kleinen Detektive* um Hilfe zu bitten. Wenn es sich wirklich um eine Mutprobe oder einen Streich von Jugendlichen handelt, überlegte sie, werden die garantiert irgendwo damit prahlen.

Laura hoffte, der Polizei zuvor zu kommen, weil es ihr weniger um Bestrafung, sondern eher darum ging, den Saurier-Knochen wieder an seinen Platz zu bringen. Am Nachmittag beriet sie sich dazu telefonisch mit Ben, der die Mitwirkung der *Kleinen Detektive* so bereitwillig versicherte, als hätten sie nur darauf gewartet.

Laura schmunzelte, als sie sich an die etwas langweilige Observation beim letzten Fall erinnerte, die die kleinen Spürnasen etwas enttäuscht hatte. Vielleicht würde es ja dieses Mal mehr Action geben.

Danach recherchierte sie über Steinfunde und deren mineralogische Zusammensetzung im Bereich des Tendaguru-Hügels im heutigen Tansania.

Bei einer Nachricht pfiff sie überrascht durch die Zähne.

Das wurde ja richtig interessant! Eifrig begann sie sich Notizen zu machen. Sophie und die Krimifrauen würden Augen machen.

Hier ging es vermutlich um sehr viel mehr, als die Rippe eines T-Rex. Aber das musste sie erst noch beweisen und dazu brauchte sie weitere Hilfe.

Am Sonntag fand daher nachmittags die eiligst einberufene Sondersitzung der Krimifrauen statt. Seit ihrem Bestehen hatten sie sich immer an einem Mittwoch, nachmittags im Café *Schokohimmel* getroffen und über Krimis geredet, die möglichst ohne Blut auskamen, aber messerscharfe Intelligenz erforderten.

Doch besondere Ereignisse erforderten besondere Maßnahmen, damit hatte Laura die Sondersitzung begründet.

Natürlich war es in Sophies Büro nicht so gemütlich wie in Lettys Café, aber immerhin hatte Laura starken Kaffee und genügend Kuchen vorbereitet. Nachdem die erste Entrüstung über den Einbruch in das beliebte städtische Museum abgeflaut war, begannen sie wie üblich mit den 5Ws.

Schon als Christiane, die ehemalige Lehrerin, die erste Karte mit WER nach oben hielt, winkte Stella, die Witwe eines bekannten

Malers ab. „Das wissen wir doch schon, Jugendlich, die aus Langeweile Blödsinn machen. Jetzt muss man nur noch herausfinden, in welche Schule sie gehen und wo sich der Knochen jetzt befindet."

„Das habe ich bereits veranlasst", entgegnete Laura. „Die *Kleinen Detektive* sind schon in der Spur. Aber irgendetwas stört mich an der ganzen Sache. Dass die T-Rex-Rippe von Jugendlichen irgendwo als besonderes Beutestück angesehen wird, davon bin ich auch überzeugt. Aber der Diebstahl des Klumpens passt irgendwie nicht dazu, auch dass die deutliche Erdspur, die zum Lagerraum führt, nur von einer Person stammt."

„Du meinst, es könnten zwei Einbrüche zu unterschiedlichen Zeiten sein?" Die Frage kam von Emilia, der ehemaligen Psychologie-Dozentin, die Lauras Überlegungen sofort nachvollziehen konnte. „Aber warum?"

Bevor Laura antworten konnte, hob Antonia, die ehemalige Krankenschwester die Hand. „Moment Mal, wenn ich dich richtig verstanden habe, würde das bedeuten, dass Jugendliche den Knochen gestohlen haben. Dann hat eine zweite Person das gleiche Fenster genutzt, aber für etwas ganz anderes. Da bleibt wirklich die Frage, was hat er gesucht? Ist an dem Klumpen denn irgendetwas wertvoll?"

Laura war erfreut, in welche Richtung sich die Diskussion entwickelte und setzte fort. „Ich habe ein wenig im Internet recherchiert.

Bisher wussten wir nur, dass der Klumpen aus Tansania kam, aber nicht, woraus er genau besteht. Warum sollte er also für irgendjemanden interessant sein? Was wäre aber, wenn dieses unscheinbare Stück in Wirklichkeit ein Tansanit wäre?"

„Oh, so etwas habe ich doch gelesen", rief Claire, die früher ein Reisebüro besessen hatte, und schnipste aufgeregt mit den Fingern. „Ein Bauer, der nur nebenbei Bergbau betrieben hat, fand zwei ziemlich schwere Steine aus Tansanit und bekam dafür 3,4 Millionen."

„Die Vorkommen an diesem Steins sind sehr zurückgegangen", führte Laura weiter aus. „Man kann heute für ein daumennagelgroßes Stück Tansanit ungefähr 5.000 Euro bekommen, wenn es lupenrein ist."

„Also habt ihr möglicherweise jahrzehntelang einen Millionenschatz gelagert und wusstet es nicht?" Luisa, die beste Freundin von Laura, konnte sich so etwas überhaupt nicht vorstellen.

„Aber irgendwer muss es gewusst haben, sonst wäre das Stück jetzt nicht verschwunden", beendete Christiane die Diskussion.

„Aber bestimmt keine Jugendlichen", betonte Laura. „Das ist so ähnlich wie in „Greenshaws Wahn" von Agatha Christie, das wir neulich erst gelesen haben. Könnt ihr euch erinnern? Miss Marple sagte, wer auch immer hier Unkraut gezupft hat, war kein Gärtner, weil er sowohl Unkraut als auch Küchenkräuter entfernt hat. Und hier ist es genau umgekehrt. Wer immer den möglichen Tansanit gestohlen hat, war kein Jugendlicher, sondern ein Fachmann und wusste genau, was er tat."

„Aber wer könnte das sein?" Christiane hielt erneut die Karte WER hoch, auf die sie mit Bleistift eine 2 notiert hatte.

Laura stöhnte. „Genau genommen jeder, der im Museum arbeitet, eine zeitweilige Forschungsarbeit hat oder ein Praktikum macht. Das sind einfach zu viele Verdächtige!"

„Und wenn wir anders herangehen würden", schlug Emilia vor.

„Wer könnte denn wissen, wie man einen Tansanit verwertet? Mir fällt da nur der nächste Juwelier ein, aber so einfach ist es bestimmt nicht."

„Du hast recht", stimmte ihr Laura zu. „Es kann nicht irgendein Angestellter sein, er muss Fachkenntnisse und die passenden Kontakte für den Verkauf haben. Da fällt mir ein, einer der Polizisten hat von mehreren Diebstählen gesprochen und eine international agierende Bande erwähnt. Hat eine von euch etwas davon gehört?"

Stella hob eifrig die Hand. „Genaues weiß ich nicht, aber die Tochter einer Freundin ist Schmuckdesignerin. Sie hat mir neulich etwas von Überfällen auf Edelstein-Lieferanten erzählt."

„Und du hast wieder nicht zugehört, weil dich der Schmuck so geblendet hat", lachte Claire.

Erstaunlicherweise reagierte Stella nicht so leicht beleidigt wie sonst, sondern lachte auch und zeigte auf einen neuen Anhänger aus grünem Turmalin an ihrer Kette. „Da könntest du recht haben, denn sie macht wirklich tolle Sachen. Aber ich werde sie heute noch anrufen."

Laura sah noch einmal in die Runde. „Das ist eine gute Idee. Ich schätze, dass wir uns alle jetzt ein bisschen mehr umhören müssen. Was wird über den Einbruch geredet? Wer hat möglicherweise etwas gesehen? Was wird vermutet? Und wie immer alles Wichtige über Whats app an mich. Am liebsten würde ich morgen schon ins Museum gehen, aber da ist ja Schließtag. Also werde ich mich am Dienstag beim Aussichtspersonal umhören. Vielleicht haben sie ja etwas bemerkt, dass uns weiterbringt."

Nach einem unruhigen Montag, den sie überwiegend im Internet auf der Suche nach weiteren Anhaltspunkten und einem Telefonat mit Stella verbracht hatte, die sie über die gefährliche Bande der Pink Panthers informierte, war Laura am Dienstag pünktlich zur Öffnungszeit bei Henriette. Die sah ihr traurig entgegen. „Nichts Neues von der Polizei, ich hatte gestern angerufen, aber sie haben zu viel zu tun."

Laura strich ihr tröstend über die Schultern. „Das habe ich nicht anders erwartet, aber ich habe meine Truppen schon in die Spur gesetzt. Jetzt brauchen wir nur noch etwas Geduld."

Danach sah sie sich in den anderen Räumen des Museums um. Sie nickte anerkennend bei einigen Veränderungen, die ihr gefielen, von andern hielt sie nicht so viel. „Aber das ist Geschmackssa-che", murmelte sie gerade, als sie mit einem älteren Herrn zusam-menstieß.

„Oh, das ist mir furchtbar peinlich", versuchte der sich über-schwänglich zu entschuldigen, „aber ich war so hingerissen von diesem großen Larimar. Ich wusste gar nicht, dass solche Selten-heiten in diesem Museum liegen."

„Sie scheinen einiges davon zu verstehen", setzte Laura an, aber der übereifrige Herr winkte sofort ab. „Ich bin nur Hobby-Gemmologe, ich sammle zwar auch Drusen in der freien Natur, bewundere aber die Edelsteine am liebsten in den Vitrinen. Eigent-lich wollte ich mir dieses Museum schon früher ansehen, aber ich war einige Zeit auf Reisen."

„Waren Sie auf der Suche nach seltenen Steinen?", fragte Laura ein wenig neugierig, weil ihr gerade ein ungeheuerlicher Verdacht kam. War das möglicherweise ein Kontaktmann des Diebes, der darauf wartete die „Ware" abzuholen?

Der Herr lächelte nur geheimnisvoll. „Das auch, aber das ist ein Thema, das ein wenig länger dauert. Ich habe hier noch eine Verab-redung. Dürfte ich Sie danach ins Café einladen, so in einer Stun-de? Dann erzähle ich Ihnen gerne etwas über diese Reisen."

Laura nickte nur und lächelte freundlich, obwohl ihr völlig anders zumute war. Sie bemühte sich, die Alarmglocke in ihrem Hinter-kopf zu verdrängen, aber so einfach war das nicht. Undercover-

Arbeit schien wirklich nicht ihr Ding zu sein, daher wandte sie sich besser der Aufsicht zu.

Einige kannte sie noch von früher, mit ihnen würde sie zuerst reden. Als sie nach einer knappen Stunde in Richtung Café eilte, hatte sie bereits einen möglichen Verdächtigen. Vielen waren natürlich die Jugendlichen aufgefallen, die um die Saurier-Skelette herumalberten, aber einzelne waren nicht besonders in Erscheinung getreten.

Nur zwei Mitarbeitern war es sonderbar vorgekommen, dass sich der „Neue", ein Dr. Sass, auffällig oft in der Nähe der Jugendlichen aufgehalten hatte. Er schien auch sonst nicht sonderlich beliebt zu sein.

„Er ist wie ein Geist", hatte eine ältere Mitarbeiterin geklagt. „Man hört ihn kaum und dann taucht er plötzlich dort auf, wo ihn keiner erwartet, er treibt sich in Räumen herum, die bestimmt nicht in seinen Bereich fallen und redet mit niemandem."

Laura hatte ihn bisher noch nicht entdeckt, aber nach der Beschreibung der Ordner hatte er graue Augen und schütteres, braunes Haar, trug eine Nickelbrille und einen auffälligen Siegelring.

Bisher war Laura mit ihren Ergebnissen sehr zufrieden. Und jetzt würde sie dem eifrigen Herrn auf den Zahn fühlen.

Mit dem, was dann kam, hatte sie jedoch nicht gerechnet.

Der eifrige Herr hatte sich erhoben, um ihren Stuhl zurecht zu schieben. „Es freut mich wirklich, dass Sie etwas Zeit für mich haben, Frau Graf." Laura zuckte bei dieser Begrüßung überrascht zurück. „Kennen wir uns?" Ihre Frage kam zögernd, sollte sie schon so vergesslich sein? Der eifrige Herr lächelte wieder.

„Wir haben uns vor 15 Jahren schon einmal gesehen. Allerdings haben Sie damals einen beeindruckenden Vortrag gehalten und ich saß im Publikum."

„Das war in Weimar, ich erinnere mich", lachte Laura erleichtert.

„Es ging damals um Fälschungsmethoden bei Kristallen."

„Richtig, ich habe damals auch ein Museum geleitet, allerdings ein kleineres. Finder ist mein Name, Wendolin Finder. Nach Ihrem Vortrag fing ich an, einiges zu hinterfragen. Aber weshalb ich jetzt hier bin, das hat erst später begonnen."

Solange Lauras Espresso serviert wurde, hielt er inne und setzte dann fort. „Ich war eigentlich nur gekommen, weil ich dringend mit Ihnen sprechen wollte, aber jetzt habe ich von Ihrer Nachfolgerin erfahren, dass auch etwas gestohlen wurde und damit schließt sich der Kreis."

Laura beugte sich interessiert vor. „Ich verstehe nicht ganz…"

„Das werden Sie gleich", unterbrach sie Herr Finder. „In meinem Museum hatten wir damals eine Büchse, die aussah, wie eine etwas sonderbare Schmuckdose. Niemand wusste etwas darüber, sie war auch nicht katalogisiert.

Eines Tages, wir hatten gerade einiges umgeräumt, war diese Dose verschwunden. Wir haben sie zwar gesucht, aber ohne Erfolg.

Ungefähr fünf Jahre später, ich war schon im Ruhestand, hat mich ein Freund in London zu einer Auktion von Sotheby's mit genommen.

Und Sie werden es nicht glauben, dort wurde diese Schmuckdose versteigert. In Wirklichkeit handelte es sich um ein mittelalterliches Reliquiar, aber von sakraler Kunst hatten wir leider keine Ahnung. Es wurde für eine halbe Million versteigert und ich weiß genau, dass es unser Exemplar war, weil eine kleine Ecke fehlte."

„Aber wie ist es denn dorthin gelangt?" Laura hatte bei der spannenden Erzählung ihren Kaffee fast vergessen und lauschte interessiert.

„Das habe ich mich auch gefragt. Meine Leute konnte ich ausschließen, die kannte ich alle schon sehr lange, bis auf einen, der nur für die Zeit eines Forschungsprojektes bei uns war, ein Dr. Biggs."

„Machen Sie Witze?" Laura musste lachen. „Er hieß so, wie einer der berühmten Posträuber?"

Wendolin nickte. „Er hat erzählt, sein Vater sei ein britischer Soldat gewesen und hat selbst Witze über seinen Namen gemacht."

„Und konnten Sie ihm etwas nachweisen?"

„Nein, natürlich nicht, er war ja nur kurze Zeit bei uns.

Nach meinem Erlebnis bei Sothebys habe ich mich dann auf die Reise gemacht, von der ich vorhin gesprochen habe. Ich bin in jedes Museum gefahren, in dem er „geforscht" hat."

Dieses Wort betonte Herr Finder mit angedeuteten Gänsefüßchen.

„In jedem Museum fehlte etwas, das angeblich nichts wert war, noch nicht untersucht wurde oder als sogenannte „Beutekunst" im Keller ganz hinten lagerte. Und jetzt scheint er hier zu sein."

„Genau, aber das wird seine letzte Station sein!"

Da war sich Laura ganz sicher. „Hier heißt er Dr. Sass, vermutlich wie die berüchtigte Diebesbande in den Zwanziger Jahren. Das scheint seine eigenartige Form von Humor zu sein, sich nach berühmten Dieben zu nennen. Nach dem, was ich bisher weiß, ist er völlig unauffällig, hat schütteres braunes Haar, trägt eine Nickelbrille und einen auffälligen Siegelring."

„Genau, das ist er. Auf dem Siegelring ist die Akropolis in Athen zu sehen. Aber das beweist natürlich noch gar nichts."

Wendolin, der kurze Zeit fast begeistert gewirkt hatte, schaute jetzt wieder etwas mutloser.

Laura grinste. „In gewisser Weise schon. Er dachte sicher, es besonders geschickt anzugehen, indem er den gleichen Einstieg benutzt hat, wie einige Jugendliche. Und wie in den anderen Museen hat er etwas mitgehen lassen, das keinem aufgefallen wäre, außer mir. Wenn wir diesen möglicherweise millionenschweren Tansanit bei ihm finden, ist er geliefert."

„Aber wie machen wir das?"

Laura winkte bei dieser Frage nur ab. „Wir brauchen einen Plan und ich weiß genau, wer mir jetzt helfen kann."

Während sich Laura von Wendolin verabschiedete, wurde auch bei
den *Kleinen Detektiven* fieberhaft nachgedacht.
Gerade meldete sich Sporty bei seinem Freund Ben. „In der Trainingsgruppe hat jemand erzählt, die Zwillinge hätten einen Saurier-
Knochen in der Fischerhütte. Bei uns gibt es keine Zwillinge, also
müssen die bei euch im Gymnasium sein."
Nachdem Ben an seinem Laptop die Schülerlisten geprüft hatte,
wusste er, dass es nur die Zwillinge von Auto-König sein konnten,
dem Besitzer des größten Autohauses.
Aber wo war die Fischerhütte? Google Earth zeigte auf der Rückseite des Grundstückes eine Art Bootshaus an einem Kanal.
Ob es das war? So würde er das nicht herausfinden, also Zeit sich
mit den anderen zu treffen.

Vom Zaun aus, an dem die *Kleinen Detektive* eine halbe Stunde
später standen, konnte man das Bootshaus zwar sehen, aber nicht
hineinschauen. „Räuberleiter" ordnete der kräftige Sporty an und
machte bereitwillig eine Bank. Betty kletterte flink auf seinen
Rücken und schob ihre Freundin Lissy nach oben. Die jubelte sofort. „Ich sehe ihn, die haben eine Totenkopf-Girlande darum ge-
wickelt, aber es ist der Knochen!"
Die sieben Freunde klatschen sich siegesgewiss ab, dieser Auftrag

war fast erledigt. Das teilte Ben auch später Laura mit und grinste schon voller Vorfreude, als sie ihm erklärte, was am nächsten Tag stattfinden würde.

Am späten Nachmittag kamen Sophie und Felix müde, aber glücklich von ihrer Reise zurück und fanden eine Laura vor, die hochkonzentriert telefonierte, Pläne machte und gar nicht nach Langeweile aussah.

„Was ist denn hier los?" Sophie war total überrascht. Hatten sie etwas Wichtiges verpasst?

Laura umarmte die beiden. „Gut, dass ihr kommt! Ich brauche dringend eure Hilfe."

„Was ist denn passiert?" Jetzt wurde auch Felix unruhig.

„Jemand ist am Freitag in mein Museum eingebrochen, nicht nur einmal, sondern zweimal! Der erste Einbruch galt dem T-Rex im Eingang. Dem haben Schüler eine Rippe geklaut, die können wir aber morgen schon sicher stellen. Der zweite Einbruch galt dem Klumpen, der dort schon ewig gelagert wurde und möglicherweise Millionen wert ist und…"

Gekonnt machte sie eine Pause. „Ich habe auch hier schon einen Verdächtigen!"

Sophie grinste und schüttelte den Kopf. „Ach Omi, das hast du dir doch ausgedacht."

Aber Laura hob ganz ernsthaft zwei Finger. „Das stimmt wirklich.

Ich schwöre bei allem, was mir heilig ist, Espresso, Schokolade, Form-Unterwäsche…"

„Schon gut", rief Sophie und wandte sich Felix zu. „Die Arbeit hat uns wieder. Omi erzähle, von Anfang an."

Es wurde ein langes Gespräch, aber danach waren auch die nächsten Schritte klar. Felix würde am kommenden Tag mit Laura und den Krimifrauen den Knochen sicher stellen und veranlassen, dass Sophie ihre geheimen Fähigkeiten an der gefundenen Geldklammer erproben konnte.

Die Krimifrauen, die wie immer am Mittwoch schon auf Laura warteten, waren hocherfreut zu hören, dass der erste Einbruch schon aufgeklärt war und es nach dem Kaffeetrinken auch gleich zur Sache gehen würde.

Vor dem Grundstück der Königs teilten sie sich auf. Laura und Emilia würden gemeinsam mit Felix an der Vordertür klingeln, während sich die anderen um das Grundstück verteilten, um jede Überraschung auszuschließen.

Der etwas langsamere Kollege von Felix würde im Streifenwagen warten.

Auf das Klingeln von Felix öffnete ein schlaksiger, etwa 15-jähriger Junge die Tür. Er schien sich seiner Sache sehr sicher zu sein und auch mit der Polizei gerechnet zu haben, denn er wies die Anschuldigung großspurig von sich. „Ich habe es doch nicht nötig, irgendwo einzubrechen. Aber bitte, Sie können sich gerne davon überzeugen, hier ist nichts!"

Während sich Felix das Zimmer des Jungen ansah, stieß Emilia Laura vorsichtig an und wies auf das Handy des Jungen, auf dem er irgendetwas getippt hatte.

Laura nickte grinsend und drückte ebenfalls einige Tasten auf ihrem Smartphone, um die Frauen auf der Rückseite zu alarmieren. Es dauerte nicht lange, als von draußen ziemlicher Lärm zu hören war. Laura rief: „Showtime!", und winkte alle nach draußen. Sicherheitshalber hielt Felix den Jungen, der jetzt lieber fliehen wollte, am Oberarm fest.

Vor dem Grundstück hatten sich die anderen Krimifrauen schon versammelt. Christiane und Antonia hielten den anderen Zwilling fest, der den wertvollen Saurier-Knochen trug und beträchtlich zitterte. „Dieses Früchtchen wollte die Rippe gerade verstecken", rief Christiane und schob den Jungen zu den Polizisten.

„Vermutlich hat ihn sein Bruder gewarnt. Er hat nur nicht damit gerechnet, plötzlich seiner ehemaligen Lehrerin gegenüber zu stehen."

Während Felix die beiden zur weiteren Klärung des Einbruchs zur Wache brachte, nahm Laura den Knochen an sich, rief höchst zufrieden den verantwortlichen Präparator des Museums an und ließ den Knochen abholen.

Sie bedankte sich bei den Frauen, die ihren Sieg immer noch genossen und kichernd wiederholten, wie dumm die beiden aus der Wäsche geschaut hatten. „Ihr wart heute wirklich Spitzenklasse! Aber stellt euch darauf ein, dass wir in den nächsten Tagen noch eine Observation für den zweiten Fall haben werden. Sie kann genauso langweilig werden, wie die letzte, möglicherweise aber auch sehr gefährlich. Ich rufe euch an, wenn der Springer läuft und die finale Phase beginnt".

Noch immer beschwingt, von diesem ersten Erfolg, hatte Laura am nächsten Tag gerade ihr Telefonat mit einer sehr glücklichen Henriette beendet und summte vor sich hin, als Sophie vom Einbruchsdezernat zurückkam, wo sie sich in der Asservatenkammer die gefundene Geldklammer angesehen hatte. „Omi, du hattest recht, er ist es."

Laura strich sich erfreut über ihre silbernen Haare und lächelte. „Ich habe meistens recht! Das ist das kleine Kreuz, das ich mit mir herumschleppen muss. Aber jetzt erzähle, was hast du gesehen?" Sophies geheimnisvollen, psychometrischen Fähigkeiten ermöglichten es ihr, durch das Berühren von Gegenständen mehr über deren Besitzer zu erfahren. Das war in einigen Fällen schon sehr hilfreich gewesen.

„Nachdem ich die Geldklammer berührt hatte, erschien wie meist zuerst die Hand des Besitzers, und wie du gesagt hast, mit einem Siegelring."

„Und welches Motiv hatte er?" Laura war gespannt, denn dieses Detail hatte sie verschwiegen.

Sophie überlegte. „Irgendein Bauwerk, etwas Klassisches und darüber stand Athen."

„Super, genau das wollte ich hören, das ist die Akropolis", bestätigte Laura. „Nur ist das leider kein Beweis, der wirklich zählt, denn die Klammer kann er bei seiner täglichen Arbeit verloren haben."

Sophie nickte. „Du hast recht, aber der Mann ist wirklich gefährlich. Stell dir vor, wenn der tatsächlich mit den Pink Panthers zusammenarbeitet. Das ist echt eine Nummer zu groß für uns."

„Wie kommst du denn darauf?"

„Ich habe unterschiedliche Dokumente gesehen, Reisepässe vermutlich, mit verschiedenen Namen." Sophie runzelte die Stirn vor Anspannung und schrieb dann drei Namen auf Lauras Block: *Biggs, Lupin* und *Sass*.

Laura starrte auf die Namen, dann stand sie wütend auf. „Ich fasse es nicht! Dieses dreiste Miststück. Er hat nicht nur die Namen von berühmten Dieben benutzt, nein, es muss auch noch Arsene Lupin, Agatha Christies Meisterdieb sein. Das geht wirklich zu weit! Morgen beginnen wir die finale Phase."

„Und was genau hast du vor?" Sophie machte sich bei Lauras Ausführungen sofort Notizen, denn es gab eine Menge zu tun, vor allem mussten die *Kleinen Detektive* zur Verstärkung informiert werden. Die Krimifrauen würde Laura selbst einweisen.

Nachdem der Unterricht für die Kinder zu Ende war, konnte die entscheidende Phase beginnen.

Punkt 15.00 Uhr würde Wendolin Finder das vereinbarte Telefonat mit Dr. Sass führen. Wie die Zielperson darauf reagieren würde, war schwer vorauszusehen. Laura hatte daher, wie ein General, ihre Truppen geschickt verteilt. Immer eine der Krimifrauen stand gemeinsam mit einem der *Kleinen Detektive* an den beiden Straßen, die vom Museum wegführten, an den drei Straßen in der Nähe seiner Wohnung und die anderen an der Rückseite dieses Hauses.

Sie selbst wartete mit Wendolin in der Nähe des Haupteinganges.

Als alle ihre Bereitschaft gemeldet hatten, gab Laura das Zeichen und der aufgeregte Wendolin wählte die Nummer auf seinem Smartphone.

Er holte noch einmal tief Luft, als sich Dr. Sass meldete und ließ seine Stimme tiefer und rauer klingen. „Ich weiß genau, was Sie getan haben, aber ich kann schweigen. Allerdings verlange ich dafür die Hälfte dessen, was Sie für den Tansanit bekommen. Ich rufe Sie heute noch einmal an, um die Bedingungen zu vereinbaren. Übrigens, ihr Auto sollten Sie heute zu Ihrer eigenen Sicherheit nicht benutzen."

Als Wendolin grinsend das Gespräch beendete, hob Laura anerkennend den Daumen. „Der Tipp wegen des Autos war toll, das macht die Verfolgung leichter."

Sie drehte sich zum Eingang, aus dem Dr. Sass gerade heraus-
schoss, kurz an seinem Auto zögerte und dann aber zu Fuß weiter
eilte. Sie verfolgte ihn mit den Augen, konnte aber nicht klar erkennen, ob er jetzt den Bahnhof oder seine Wohnung ansteuern
würde. Sporty, von den *Kleinen Detektiven*, der bisher wortlos alles
genauestens beobachtet hatte, wies in die Richtung.
„Soll ich ihm hinterher? Ich schätze, er geht zu seiner Wohnung."
Als Laura nickte, schoss er mit seinem Fahrrad davon, während
ihm Laura und Wendolin langsam folgten.

Emilia und Fritzi, Sportys Schwester, die nie ohne ihre Hündin
Perla kam, standen gegenüber vom Wohnhaus und warteten schon
ungeduldig auf Laura.
„Er ist schon vor fünf Minuten hineingestürmt", klagte Emilia.
„Wo bleibt denn die Polizei? Der wird doch nicht ewig packen!"
Laura beruhigte sie. „Ich habe vor kurzem noch mit Felix gespro-
chen. Sie sind unterwegs, aber es ist halt Feierabendverkehr."

In diesem Moment bellte die kleine Hündin ziemlich laut, so als
wollte sie die Diskussion unterbrechen und die Aufmerksamkeit
wieder auf das Haus richten. Geschockt sahen sie jetzt, dass Dr.
Sass das Haus verlassen hatte und mit einer Reisetasche und einem
großen Aktenkoffer die Straße hinunterging. Was jetzt?
Die Polizei war immer noch nicht zu sehen. Sporty, der auf der

anderen Straßenseite bei Lissy und ihrem weißen Hündchen stand, winkte schnell entschlossen seiner Schwester zu und schwang die Hand über dem Kopf.

Laura war immer noch wie erstarrt, als plötzlich die Polizeisirene ertönte. Dr. Sass stoppte kurz, sah sich aber nicht um, sondern begann zu rennen.

„Hinterher"! „Lasst ihn nicht entkommen!" Wer von den *Kleinen Detektiven* als erster schrie oder rannte, ließ sich nicht mehr feststellen, aber die Kinder verfolgten den Dieb hartnäckig, während die beiden Hunde zwischen seinen Füßen herum wuselten, bis er plötzlich stolperte und der Länge nach hinstürzte.

Der Aktenkoffer flog noch etwas weiter, öffnete sich durch die Wucht und heraus rollte der vermisste Klumpen.

Im gleichen Moment fuhr der Streifenwagen, allerdings ohne Sirene, um die Kurve und die Polizisten konnten Dr. Sass noch rechtzeitig festnehmen.

Als die Handschellen klickten, brachen alle in Jubel aus, klatschten sich ab oder umarmten sich, wie Laura und Wendolin.

Wobei Laura schon einen Fuß auf ihren Klumpen gestellt hatte und ihn bewachte wie ein Adler seine Beute.

„Die Sirene kam genau richtig", rief sie. „Oder habe ich mir das nur eingebildet?"

„Überhaupt nicht!" Sporty grinste und schob seine Schwester nach vorne. „Fritzi kann solche Sachen richtig gut. Das hat sie schon mal gemacht und Diebe verjagt. Und jetzt haben wir wirklich einen gefangen. Das war eine Super-Action!"

Schon einige Tage danach fühlte sich Laura tatsächlich etwas gelangweilt. Sicher hatten sie alle etwas Erholung gebraucht und dann auch ihren Sieg ausgiebig gefeiert, sogar mit einem Saurierfest im Museum, jetzt wo der T-Rex wieder komplett war.

Der nette Wendolin war inzwischen wieder zurück nach Thüringen gereist, aber sie telefonierten noch regelmäßig.

Alles könnte schön sein, aber der Nervenkitzel eines neuen Falles fehlte ihr doch schon.

Am nächsten Mittwoch würden sie wieder brav über einen Krimi diskutieren. *Arsen und Spitzenhöschen* von Alex Wagner – das klang doch vielversprechend! Laura musste lächeln, weil sie das wieder versöhnlicher stimmte und vielleicht lauerte ja ein neues Abenteuer schon an der nächsten Ecke. Wer wusste das schon so genau?

Der charmante Herr Rascal

„Sophie-Schatz, sei bitte vorsichtig!"

Sophie Graf-Brunner verdrehte bei diesem Ausruf ihrer Großmutter nur die Augen und hüpfte weiter die Treppe hinunter. „Omi, ich bin schwanger, nicht krank."

„Ich weiß das, ich möchte ja nur, dass meinem ersten Urenkel nichts passiert."

Sophie strich sich über den immer noch flachen Bauch, zog ihre dicke Jacke an und wandte sich grinsend um.

„Du meinst, deinen beiden Urenkeln, es werden Zwillinge. Das habe ich mir immer gewünscht, einen Jungen und ein Mädchen."

Oma Laura lächelte nur. „Schön wär's! Aber da müssen deine Gene auch mitspielen. In unserer Familie gab es immer nur Einzelkinder. Und bei Felix?"

Felix war der Bruder ihrer besten Freundin Chrissie und seit drei Monaten und 22 Tagen Sophies Ehemann. In seiner Familie gab es zwar keine Einzelkinder, aber seit mehreren Generationen auch keine Mehrlingsgeburten.

Nur das brauchte Oma Laura nicht zu wissen. Sie interessierte sich sowieso für zu viele Dinge, besonders für Sophies Arbeit als Privatdetektivin.

Allerdings hatte sie gemeinsam mit den Krimifrauen vom alten

Bahnhof, auch schon erheblich zur Aufklärung wichtiger Fälle bei-getragen. Vermutlich wäre sie auch im aktuellen Fall eine gute Un-terstützung für sie.

Also küsste Sophie Oma Laura nur kurz auf die Wange.

„Ich habe jetzt einen Termin mit dem Anwalt einer Klientin und danach gehe ich zum Ultraschall. Wenn ich das Foto habe, sind alle Zweifel beseitigt. Vielleicht solltest du schon anfangen Strampler zu stricken?"

Dann rannte sie schnell die Treppe zum Erdgeschoss, bevor ihr Laura etwas hinterher werfen konnte.

Seit dem großen Fall des Witwenräubers waren die Krimifrauen eine feste Größe in Sophies Detektivarbeit. Vor kurzem erst hatten sie gemeinsam den kriminellen Investor Victor Greed festgenagelt und einen raffinierten Einbruch im Museum aufgeklärt.

Die Frauen, die sich jede Woche einmal im Café *Schokohimmel* im alten Bahnhof trafen, hatten zu Anfang nur über klassische Krimi-nalromane diskutiert, waren aber wild darauf, selbst zu ermitteln.

Und das taten sie oft sehr geschickt.

Kaum jemand machte sich Gedanken darüber, was er einer älteren Frau in einem netten Gespräch erzählte.

Aber alles zusammen genommen, ergab für Sophie wichtige An-haltspunkte, hoffentlich auch für ihren neuen Fall.

Von Felix konnte sie nur wenig Hilfe erwarten, obwohl er ein guter

Polizist war. Er hatte zwar neben dem Streifendienst hervorragende Kontakte zum Einbruchsdezernat, aber in ihrem neuen Auftrag ging es um etwas völlig anderes, um eine mehr oder weniger rechtliche Grauzone, den Kapitalanlagemarkt.

Viola Schweizer, eine höchst erfolgreiche Geschäftsfrau, der landesweit mehrere große Boutiquen gehörten, hatte sie beauftragt, für eine Musterklage weitere Geschädigte zu finden.

Und außerdem Hintergrundinformationen zu der Anlagegesellschaft zusammen zu stellen, die ihr die ominösen Differenzkontrakte und die binären Optionen auf Kryptowährungen und anderes verkauft hatte.

Frau Schweizer hatte sich auf den Anlagetipp eines sehr charmanten Herrn hin, für diese neuartigen Möglichkeiten entschieden, die deutlich mehr Rendite boten, als ihre anderen Investments.

Es lief lange Zeit auch sehr gut und sie hatte daher eine weitere größere Summe eingesetzt.

Schließlich konnte sie jeden Tag im Internet verfolgen, wie ihr Vermögen wuchs.

Als sie aber ein weiteres Geschäft eröffnen wollte und dafür das Geld brauchte, fingen die Probleme an.

Der charmante Berater, Herr Rascal, war plötzlich nicht mehr zu erreichen und sogar der Kontoauszug im Internet verschwand über Nacht. Danach schien sich sogar die gesamte Firma in Luft aufgelöst zu haben.

Erst dann hatte sie sich den Prospekt genauer angesehen und fest-
gestellt, dass die dort enthaltenen Informationen irreführend und
falsch sein mussten.

Das wollte sie nicht so einfach hinnehmen und hatte deshalb Anzeige erstattet. Nach deutschem Recht, hatte Frau Schweizers Anwalt erklärt, könne es auch ein Musterverfahren zur Durchsetzung
von Schadenersatzansprüchen geben. Aber dazu sollten mindestens
zehn individuelle Schadenersatzansprüche mit gleichlautenden Tat-
sachen vorliegen.

Sophies Auftrag war es daher, weitere Geschädigte zu finden und
nach Möglichkeit den Verursachern kriminelle Absichten nachzu-
weisen. Zunächst musste sie sich aber in das unbekannte Metier
einarbeiten. Außerdem hatte sie auch nicht alles verstanden, was
ihr Frau Schweizer erzählte, da sie selbst selten so viel Geld hatte,
um ähnliche Anlagen zu tätigen.

Deshalb traf sie sich auch noch mit dem Anwalt der Klientin.

Dr. Paryla erklärte ihr auf ihre erste Frage hin, dass es normalerweise üblich sei, die Geschädigten für eine Musterklage öffentlich
aufzufordern. Aber in diesem Fall wäre das fatal.

„Die Crystal-Investment-Group ist zwar von der Bildfläche verschwunden, aber Frau Schweizer ist sich sehr sicher, dass der
charmante Herr Rascal jetzt bei Diamond-Investment-Partner, einer
ähnlichen Gesellschaft, tätig ist, die kurz danach auftauchte.

Diese Leute agieren äußerst geschickt und wir wollen sie nicht darauf aufmerksam machen, dass wir hinter ihnen her sind."

„Ich verstehe nicht, wieso diese Typen so erfolgreich sind? Haben die Anleger denn keine Angst um ihr Geld?"

Sophie sah Dr. Paryla fragend und auch etwas vorwurfsvoll an, doch der lächelte nur.

„Kennen Sie den alten Spruch *Gier frisst Hirn*? Ich will das meiner Klientin nicht unterstellen, aber würden Sie nicht auch zugreifen, wenn Ihnen jemand 12% Rendite für Ihr Geld bietet, während Sie bei Ihrer Bank für das bloße Aufbewaren Ihres Geldes schon Strafzinsen zahlen müssen?"

„Aber kontrolliert denn niemand dieses Geschehen?"

Sophie schüttelte den Kopf, weil sie sich das überhaupt nicht vorstellen konnte. Für alles gab es doch irgendwelche Kontrollinstanzen, aber hier offensichtlich nicht.

„Wir haben zwar Gesetze", erklärte Dr. Paryla geduldig, „aber eben auch welche mit Lücken. Und das hat Auswirkungen.

Auf dem Kapitalmarkt gibt es genau genommen drei Bereiche.

Der *weiße* Kapitalmarkt, das ist das, was die meisten kennen. Der wird reguliert und von der staatlichen Finanzaufsicht kontrolliert. Das gibt mehr Sicherheit für die Anleger, aber auch dort kann man sein Geld verlieren.

Auf dem *schwarzen* Kapitalmarkt werden Geschäfte und Anlagemöglichkeiten angeboten, ohne jegliche Erlaubnis oder Genehmigung der Behörden.

Diese Betrüger erklären in ihren Prospekten nie genau, wie was funktionieren soll, also kann man sie nicht festnageln.

Die meisten Anbieter verfügen noch nicht einmal über die notwendigen Lizenzen und ihre Geschäfte sind nicht angemeldet. Wer also sollte sie kontrollieren?

Der *graue* Kapitalmarkt, da würde ich die Crystal-Investments-Group einordnen, ist ein Mix aus weiß und schwarz. Dort müssen einige gesetzliche Regelungen erfüllt werden, also ist er nicht gesetzwidrig."

„Und wird dennoch nicht kontrolliert?" Sophie konnte es einfach nicht fassen.

„In gewissem Maß wird schon kontrolliert. Man überprüft beispielsweise, ob alle relevanten Angaben in einem Prospekt enthalten sind, aber nicht, ob das was dort dargestellt ist, auch wirklich stimmt.

Und selbst, wenn man diese Leute erwischt, haben sie die Kundengelder bereits auf unterschiedliche Konten ins Ausland verschoben und der Firmensitz ist meist nur ein Briefkasten im Nirgendwo."

„Aber dann sind die Aussichten auf Entschädigung für Frau Schweizer auch nicht gerade berauschend."

Sophie konnte nicht ganz folgen. Wenn es nicht darum ging, das Geld wieder zu bekommen, weshalb war sie dann engagiert worden?

Dr. Paryla nickte bestätigend. „Sie hat mir gesagt, finanziell könne sie das verkraften. Ihr Anliegen ist eher das Musterverfahren, mit dem diese Leute und andere, die mit der gleichen Methode arbeiten, rechtlich ausgeschaltet werden könnten.

Außerdem hat sie sich sehr darüber geärgert, dass diese Betrüger ihre Masche hauptsächlich bei Frauen durchziehen.

Nicht nur bei gut betuchten Geschäftsfrauen, sondern auch bei deren Angestellten, dafür haben wir bereits zwei Aussagen.

Sie können sich vorstellen, was es für eine Verkäuferin bedeutet, die 10.000 Euro zu verlieren, die sie mühsam gespart hat."

Auf dem Heimweg fuhr Sophie vorsichtiger als sonst, es war Glatteis und außerdem hatte sie jetzt eine besondere Verantwortung für das wachsende Leben in ihr.

Die ganze Zeit über grinste sie erwartungsvoll. Oma Laura würde staunen, sicher zuerst über das Zwillingsfoto vom Ultraschall, dann aber auch über den neuen Auftrag für die Krimifrauen.

Das würde wieder eine ganz besondere Motivation sein, Betrüger zu jagen, die Frauen um ihr Geld brachten.

Felix hatte sie das Ultraschallfoto gleich nach der Untersuchung geschickt, sie hoffte, dass er sich inzwischen von seinem Schock erholt hatte. Obwohl sie ihm schon damals, gleich als sie schwanger wurde, gesagt hatte, es seien Zwillinge, weil sie sich genau das immer gewünscht hatte.

Sonderbar, überlegte sie, wie konnte ich mir da so sicher sein?

Wie konnte ich überhaupt wissen, dass ich wirklich schwanger bin?

Sie dachte nach, fand aber keine Lösung.

Als sie damals den Witwenräuber suchten, hatte sie bei sich die besondere Fähigkeit entdeckt, von einem Gegenstand, den sie in die Hand nahm, Informationen über den Besitzer zu erhalten.

Das hatte letztendlich die Festnahme beschleunigt. Auch der Einbruch im Museum konnte so schneller aufgeklärt werden.

Aber seither hatte sie nichts ähnlich Spektakuläres an sich bemerkt. Oder vielleicht doch?

Wenn sich nämlich noch mehr Dinge so entwickeln würden, wie sie es sich wünschte, das wäre doch phänomenal! Allerdings müsste sie dann auch ihre Wünsche genauer bedenken.

Als sie das Haus erreichte, in dem sie und Felix im Obergeschoss und Oma Laura im Erdgeschoss wohnten, war sie wieder in der Realität angekommen und schüttelte lachend jegliche Gedanken in diese Richtung ab. Jetzt musste sie erstmal Oma Laura informieren und dann mit Felix feiern.

Als Laura zwei Tage später, wie immer am Mittwoch, das Café *Schokohimmel* im alten Bahnhof betrat, warteten sechs Frauen schon sehr gespannt auf sie.

Natürlich diskutierten sie auch alle gerne über Kriminalromane, aber richtige Detektivarbeit war entschieden aufregender.

Die letzten Fälle, an denen sie erfolgreich mitgewirkt hatten, lagen bedauerlicherweise schon mehrere Monate zurück. Es war also höchste Zeit für ein wenig neuen Nervenkitzel.

Und dass es Neuigkeiten gab, dafür waren die leuchtenden Augen von Laura und ihr Dauerlächeln ein gutes Anzeichen.

Nachdem sie bei Letty ein Stück der neuen Schneeflockentorte und einen großen Kaffee geordert hatte, zeigte sie ihnen zunächst immer noch freudestrahlend das Ultraschallbild.

„Zuerst das Wichtigste: Mädels, ich werde endlich Urgroßmutter! Wenn ihr genau hinseht, dann könnt ihr die Zwillinge erkennen, ein Junge und ein Mädchen. Das Mädchen ist rechts, ich finde sie sieht mir ein wenig ähnlich."

Die ungläubigen Blicke und auch das Kichern nach ihrer Ansage störten Lauras Glücksgefühle überhaupt nicht, zumal auch die Torte fantastisch schmeckte. Sie hatte so lange auf einen solchen Moment gewartet.

Aber natürlich würden ihre Mitstreiterinnen auch noch auf andere Informationen warteten. Sie tupfte ihren Mund mit der Serviette ab, strich sich über ihre silberfarbenen Haare und räusperte sich.

„Wir haben natürlich auch eine neue Aufgabe! Diesmal suchen wir aber keine Verbrecher, sondern die Geschädigten."

Während sie ihnen genau erläuterte, wen sie finden sollten, beobachtete sie aufmerksam die Reaktionen der anderen.

Diese Suche würde etwas besonderes sein und sie brauchte die Mitwirkung von jeder der Frauen.

Christiane, die ehemalige Lehrerin, reagierte als erste.

„Wenn ich dich richtig verstanden habe, dann kommen wir bei diesem speziellen Auftrag mit unseren 5 Ws nicht sehr weit. Eigentlich geht nur WER. Also wer ist so hirnverbrannt, sein Geld derartig ungesichert anzulegen?"

„Das kann ich dir sofort beantworten." Stella, die Witwe eines bekannten Malers, hatte anscheinend einen besonderen Grund so wütend zu reagieren.

„Meine hirnlose, jüngste Schwester hat genau das getan. Das ist zwar schon zwei Monate her, aber gestern hat sie es mir erst gestanden. Sie hat 20.000 in den Sand gesetzt, weil ihr ein sehr charmanter Mann mit grauen Schläfen versichert hat, sie müsse ein finanzielles Genie sein."

„Vergesst diesen Fakt nicht", rief Laura. „Der Charmefaktor scheint in diesem Fall entscheidend zu sein."

„Für mich ist das mehr als ein Fall", wütete Stella weiter und warf ihre roten Haare gekonnt nach hinten. „Das sollte eigentlich mal ihre Altersversorgung werden, damit geht man doch nicht so um! Ich hatte zwar schon immer den Eindruck, dass meine Schwester am Intelligenz-Minimum lebt, aber dass es so schlimm ist, macht mich einfach wütend. Am liebsten hätte ich sie übers Knie gelegt, aber dafür ist es jetzt auch zu spät."

Laura beugte sich interessiert vor. „Hat sie den Vertrag auch bei dieser Crystal-Investment-Group gemacht? Das wäre sehr wichtig, denn dann hätten wir die erste, die betrogen wurde. Und wenn sie einverstanden wäre, könnte sie der Anwalt unserer Auftraggeberin in das Verfahren eingliedern und auch vertreten."

Stella schnappte ihr Handy und sprang auf. „Dann rufe ich sie gleich an."

„Bleiben wir beim WER", wandte Claire ein, die früher ein Reisebüro besessen hatte. „Es handelt sich doch offensichtlich um Frauen, die Anlagen machen müssen, um ihre Zukunft abzusichern. Damit scheiden die ganz Jungen aus und auch alle, die wie wir, schon eine Rente oder Pension bekommen. Vermutlich sind das eher Selbständige."

„Das könnte stimmen", meldete sich Luisa, die früher beim Amtsgericht tätig war. „Wenn ich mich in die Lage der Betrüger versetze und mich frage, wo ich Frauen mit Geld finden kann, das sie anlegen könnten? Dann muss ich doch von erfolgreichen Geschäftsinhaberinnen ausgehen. Bestimmt nicht von denen im kleinen Laden an der Ecke, der sich gerade so über Wasser hält."

Laura nickte ihrer Freundin zu. „Im Prinzip schon, aber die Hemmschwelle bei solchen Betrügern liegt ziemlich tief. Soweit ich weiß, haben sie auch einige Verkäuferinnen um ihr Geld gebracht."

„Das wird ja immer schlimmer", stöhnte Antonia, die sich als frühere Krankenschwester und ohne besondere Reichtümer, gut in die

Sorgen dieser Menschen einfühlen konnte.

„Stellt euch vor, da hat so ein armes Huhn 5.000 mühselig zusammen gekratzt und verliert alles durch solche Mistkerle. Aber das funktioniert nur, weil die ehrlichen Sparer schon seit Jahren keine ordentlichen Zinsen mehr bekommen. Das macht es diesen Verbrechern leichter."

Alle nickten, denn jeder kannte Ähnliches, bis Stella, die an den Tisch zurückgekommen war, einwarf. „Es müssen auch jüngere Frauen sein, die solche Geldgeschäfte am Computer machen. Ich lehne ja so etwas ab."

„Na hör mal, ich mache auch E-Banking und das schon seit Jahren", rief Laura. „Ich finde mich dafür nicht zu alt, es spart einfach Zeit."

Als wieder alle nickten, schlug Emilia, die frühere Psychologie-Dozentin vor, jetzt auch das WIE einzubeziehen.

„Wie wollen wir denn vorgehen? Erwähnen wir die Betrugsmasche einfach im Gespräch beim Frisör oder im Wartezimmer beim Zahnarzt?"

Stella, die anscheinend immer noch wütend war, fuchtelte mit den Händen. „Ich habe kein Problem damit, jedem, der es hören will, zu erzählen, dass meine hirnlose Schwester ihr Geld bei der Crystal-Investment-Group verloren hat."

Emilia lächelte, denn darauf hatte sie gewartet. „Und die Chefin des Frisör-Salons wird dir dann, falls sie eine Betroffene ist, bestätigen, dass sie auch hirnlos war?"

Stella antwortete nicht, sondern starrte nur pikiert auf ihr Handy, also sprang Laura ein.

„Das war ein guter Hinweis, Emilia. Wenn ich dich richtig verstanden habe, müssen wir bedenken, dass diese Frauen böse betrogen wurden und das letzte, was sie jetzt brauchen, wäre unser Spott."

„Richtig", bestätigte Emilia, „sie brauchen jetzt Mitgefühl und Verständnis, sonst vertrauen sie uns auch nicht."

Christiane fasste noch einmal zusammen. „Wir suchen Frauen, mittleren Alters, die ihre Geschäfte erfolgreich führen, aber von Betrügern, die ihren Charme einsetzen, um ihr Geld gebracht wurden. Wir brauchen sicher nicht nur das Einverständnis der Damen, sondern auch ein paar Nachweise, wie Kopien des Vertrages und der Überweisungen. Richtig?"

Dabei wandte sie sich an Laura, die nur noch grinste und sagte: „Das hat unsere Lehrerin sehr gut formuliert, die Stunde ist zu Ende."

Trotz der guten Vorbereitung lief diese Ermittlung der Krimifrauen sehr schleppend.

Als Laura einige Tage später zu Sophie ins Büro kam, hatten sie neben Stellas Schwester nur noch die Unterlagen einer weiteren Geschädigten, einer Köchin.

Sophie stöhnte. „Ach Omi, ich wünschte, dass das schneller voran gehen würde. Ich fürchte, uns läuft die Zeit davon. Was machen wir, wenn auch die andere Firma einfach verschwindet?"

Laura, die ganz im Gegensatz zu sonst, diesmal die Geduldigere war, tröstete sie.

„Wir haben doch gerade erst begonnen. Wahrscheinlich schämen sich die betroffenen Frauen auch und vermeiden darüber zu reden. Was hast du denn gefunden?"

Sophie stöhnte erneut und schob ihre schwarzen Locken hinter die Ohren. Früher hatte sie ihre Haare raspelkurz getragen, aber Felix mochte ihre Haare lieber etwas länger. Daran musste sie sich erst gewöhnen. „Das ist die reinste Sisyphus-Arbeit. Sobald ich eine neue Spur aufgetan habe, verliert sie sich wieder. Also das Ganze wieder von vorne und das mehr als einmal."

Laura, die eine kleine Tüte hinter ihrem Rücken verbarg, setzte sich zu Sophie und schaute neugierig auf die Notizen.

„Ist das das Konto, auf das die Frauen eingezahlt haben?"

„Ja, alle fünf. Aber dieses Konto ist nicht mehr existent."

Laura sah sie überrascht an. „Das hat dir die Bank gesagt?"

„Natürlich nicht", grinste Sophie. „Ich habe Trick 17 angewandt und 10 Euro auf dieses Konto überwiesen. Heute wurde es mit dem Vermerk zurückgebucht, dieses Konto sei aufgelöst worden."

„Hey, das war clever, das muss ich mir merken. Und wohin hat die Bank den Kontobestand überwiesen?"

„Das ist die große Frage", erklärte Sophie mit zusammengezogenen

Augenbrauen, „neben einigen anderen, die auch ungeklärt sind. Nach den Unterlagen des Amtsgerichtes gab es drei Leute, die bei der Crystal-Investment die Geschäfte führten. Falls es sich nicht um eine zufällige Namensgleichheit handelt, sind zwei davon jetzt bei dieser neuen Diamond-Investment. Ich habe mich gefragt, wo der Dritte ist?"

„Und ob er vielleicht was zu erzählen hätte", warf Laura ein, die sofort weiterdachte.

„Aber er ist verschwunden und das bereits seit einiger Zeit. Felix hat gehört, er sei als vermisst gemeldet."

„Also wieder nichts!" Laura nickte und raschelte mit der Tüte.

„Gut, dass das Leben auch noch kleine Freuden bringt.

Wie findest du die?" Mit fragendem Blick legte sie zwei winzig kleine, weiße Baby-Strampler auf den Tisch, bei einem war ein kleiner blauer Elefant und beim anderen ein rosa Kätzchen aufgestickt.

Sophie kamen die Tränen, die Sachen waren so furchtbar klein und so hübsch. Bisher war sie noch gar nicht zum Einkaufen gekommen und sie hatte auch noch nicht so konkret an die beiden Kleinen gedacht. Aber jetzt diese wunderschöne Überraschung, das war zu viel für ihre Hormone. Dankbar umarmte sie Laura, fasste sich aber dann und stichelte ein wenig in ihrer üblichen Art. „Auch noch richtig klassisch, mit rosa und hellblau."

Aber Laura lächelte nur. „Da habe ich praktisch gedacht. Natürlich hätte ich auch beide in grün oder gelb nehmen können. Aber wie willst du später wissen, wen du gerade gestillt hast, wenn sie beide gleiche Sachen tragen?"

„Ach Omi, du bist die Beste, daran habe ich nicht gedacht."

Dann sah sie zur Uhr und danach sorgenvoll zum Fenster. „Ich müsste in einer Stunde los zu meinem Termin bei Dr. Paryla. Zur Sicherheit bringe ich die Unterlagen persönlich hin, außerdem habe ich noch ein paar Fragen an den Anwalt. Aber die Straße ist immer noch nicht geräumt, ich wünschte der Winterdienst würde etwas schneller sein."

Laura sah jetzt auch besorgt aus dem Fenster, lachte dann aber und wies hinaus. „Wenn das keine prompte Wunscherfüllung ist! Sie fangen gerade an zu räumen. Könntest du auch mal einen Lottogewinn für mich wünschen? Ich muss nächstes Jahr das Dach decken lassen."

Noch auf dem Weg zum Anwalt musste Sophie lachen. Wenn es doch immer so schnell gehen würde! War das nun Zufall oder hatte es tatsächlich was mit ihr zu tun?

Das konnte eigentlich nur eine beantworten, ihre beste Freundin Chrissie, die einzige Esoterik-Fachfrau, die Sophie kannte.

Sie beschloss, nach dem Anwaltstermin unbedingt noch zum alten Bahnhof zu fahren.

Der Termin beim Anwalt hatte zwar nicht allzu viel Neues, aber

Sophie auf eine geniale Idee gebracht. Man müsste unbedingt herausfinden, ob die neue Gesellschaft, die gleiche Masche hätte, wie die alte. Das wäre doch ein Sonderauftrag für die Krimifrauen.

Mit neuem Schwung fuhr sie dann zum alten Bahnhof, in dem nicht nur das fantastische Café *Schokohimmel* Interessenten anzog, sondern auch *Chrissies kleine Boutique*, in der sie ausgefallene Einzelstücke und kleine Mode-Serien verkaufte.

Obwohl Sophie kein Wort über die Schwangerschaft verloren hatte, wusste ihre Freundin schon Bescheid. „Felix ist völlig von der Rolle, so happy habe ich ihn noch nie gesehen", rief Chrissie und umarmte ihre Freundin stürmisch.

Sophie staunte. „Und ich dachte, er sei geschockt und müsse das erst verdauen."

„Ach wo", lachte Chrissie, „wenn er könnte, hätte er das in allen Zeitungen veröffentlichen lassen. Und erst seine Facebook-Seite, die musst du dir unbedingt ansehen."

Sophie hatte sich wie immer neugierig umgesehen, denn hier fand sie meist etwas Tolles. Und schon wurde ihr Blick wie magisch von einem bequemen Oberteil angezogen, das das gleiche leuchtende Blau hatte, wie ihre Augen. Kleine schwarze Muster, ließen die Farbe noch mehr strahlen.

„Oh, das ist toll! Kann ich das probieren?"

Sie befühlte anerkennend den weichen, seidigen Stoff.

Chrissie nahm es vom Bügel. „Das ist zwar keine Umstandsklei-
dung im üblichen Sinne, aber sehr praktisch für später. Es hat vorne
einen Reißverschluss, günstig beim Stillen und es ist weit genug,
auch für Zwillings-Mamas."

Als Sophie anprobiert hatte und sich höchst zufrieden vor dem
Spiegel drehte, erinnerte sie sich wieder an Oma Lauras Frage.

„Felix hat mir erzählt, Mehrlingsgeburten gäbe es in eurer Familie
nicht, weißt du mehr darüber?"

Chrissie schien eine ganze Menge mehr darüber zu wissen, denn
sie kam aus dem Strahlen nicht mehr heraus.

„Bis jetzt stimmte das, aber vielleicht hat jemand etwas Feenstaub
über uns gestreut, denn jetzt wird sich das ändern. Was glaubst du,
wer dieses Teil für werdende Mütter entworfen hat und genau
weiß, was gebraucht wird?"

Sophie sah sich überrascht um. „Das war Cindy? Und deine
Schwester kriegt auch…?"

„Genau", jubelte Chrissie. „Sie bekommt auch Zwillinge, ein abso-
lutes Novum in unserer Familie. Und ich werde vierfache Tante.
Super!"

Glücklich umarmte sie Sophie erneut. „Ich würde ja gerne mit dir
feiern, aber auf Wein solltest du besser verzichten, also lieber einen
Latte macchiato mit ganz viel Milch?"

Nachdem Chrissie den Laden vorübergehend geschlossen hatte und
sie an ihrem heißen Getränk nippten, entschied sich Sophie doch

noch Rat bei ihrer Freundin zu suchen.

„Glaubst du, dass Menschen die Erfüllung ihrer Wünsche wirklich beeinflussen können?"

Chrissie nickte überzeugt. „Natürlich, je mehr ich mich dafür einsetze, umso schneller erreiche ich, was ich mir wünsche."

„Nein!" Sophie schüttelte den Kopf. „So banal meinte ich es nicht. Ich habe mir ganz bewusst Zwillinge gewünscht und sie werden mir prompt geliefert. Heute Nachmittag hatte ich mir gewünscht, der Winterdienst solle unsere Straße schneller räumen und das wurde umgehend gemacht. Ist das jetzt nur Zufall oder könnte ich tatsächlich so etwas in Gang setzen?"

Chrissie sah sie nachdenklich an. „Du meinst es eher in der Art, wie eine Bestellung an das Universum?"

„Genau, kann es so etwas geben oder deute ich in einige Zufälle zu viel hinein?"

„Es gibt in der Literatur viele Beispiele dafür, wo etwas auch genauso verlaufen ist, wie es gewünscht wurde, aber ein Abo darauf gibt es sicher nicht. Also, wenn es so läuft, freu dich einfach."

„Das mache ich sowieso." Zufrieden mit den Auskünften und einem neuen Oberteil fuhr Sophie zurück

Auch wenn es schwer zu glauben war, seit sie ihren Wunsch ausgesprochen hatte, liefen die Ermittlungen plötzlich viel schneller und ergiebiger.

Über die sozialen Netzwerke hatte sie auch herausgefunden, dass der charmante Herr Rascal, sich gerne in luxuriöser Umgebung zeigte und oft mit einem Mann zu sehen war, dem eine Privatbank gehörte. War das die jetzige Hausbank der Betrüger? Das müsste sie unbedingt herausfinden.

Am nächsten Tag brachte ihr Laura die benötigten Unterlagen von fünf weiteren Frauen, die ebenso betrogen worden waren. Sie warf die Blätter schwungvoll auf den Schreibtisch und sah sie erwartungsvoll an.

„Und was sagst du? Unser Auftrag ist erfüllt!"

Sophie strahlte. „Omi, ihr seid wirklich toll! Aber ich hätte noch eine Idee."

Laura hatte noch einige Blätter in der Hand, nahm aber sofort interessiert Platz. „Worum geht es?"

„Wir bräuchten unbedingt noch einige Informationen über den charmanten Herrn Rascal, der jetzt bei Diamond-Investment-Partner ist. Hat er dort die gleiche Masche? Hat er seine Konten noch bei der gleichen Bank oder woanders? Könnte das eine von euch übernehmen?"

Laura versuchte, ein nachdenkliches Gesicht zu machen, konnte dann aber ihr triumphierendes Grinsen nicht verbergen.

„Schon erledigt!" Damit legte sie die letzten Blätter auf den Tisch.

„Ich hatte die gleiche Idee, aber Emilia, die Streberin, ist mir zuvor gekommen. Und sie hat dir auch noch eine beeindruckende psychologische Analyse von diesem Mann beigefügt. Höchst interessant! Diese Leute sind wirklich skrupellos!

Eine der Frauen", Laura wies auf die Unterlagen, „hat gespart, um ihrem kleinen Sohn eine Operation in den USA zu ermöglichen. Du weißt ja selbst, wie schwierig das ist, weil es keine Zinsen mehr gibt. Und selbst diese verzweifelte Frau haben sie bis auf den letzten Cent ausgenommen. Das macht mich sowas von wütend!"

Sophie nickte. „Das erinnert mich an den zweiten Teil des Auftrags, möglichst viel Hintergrundmaterial über ihre kriminellen Absichten zusammen zu tragen. Ich habe gestern mit Alessa gesprochen, mit der ich früher immer zum Training gegangen bin."

„Ich erinnere mich, ihr wolltet beide Cheerleader werden, hattet aber zu viel Babyspeck."

Daran konnte sich Sophie natürlich nicht erinnern, sie beließ es aber dabei.

„Alessa arbeitet jetzt bei einer Bank im Anlagenbereich. Sie hat mir geraten, den Geldfluss des besagten Herrn zu prüfen. Geht das Geld seiner Kundinnen tatsächlich in eine Anlage, dann haben die Frauen wirklich Pech gehabt. Geht es aber sofort auf ein Sammelkonto, möglicherweise im Ausland, dann ist die betrügerische Absicht eindeutig belegt."

Laura hatte nachdenklich in einigen Unterlagen von Sophie geblättert. „Und die Hausbank von dieser neuen Gesellschaft, hat ja Emilia schon herausgefunden."

„Genau, sie gehört diesem Mann", setzte Sophie fort und wies auf einige Fotos, die sie aus dem Netz hatte. „Und unser charmanter Herr Rascal scheint sehr gut mit ihm befreundet zu sein."

„Auch noch eine Privatbank", rief Laura erbost. „Die werden dir keine Auskünfte geben, da brauchst du einen versierten Hacker, auch wenn es illegal ist."

Sophie grinste.

„Ausnahmsweise hast du recht und ich weiß auch schon, wen ich fragen kann. Erinnerst du dich an Feli, die mit den Metallarmbändern und den Springerstiefeln?"

„Du meinst die kleine Pfiffige aus der *Weiberwirtschaft*, mit der wir den kriminellen Investor festgenagelt haben?"

„Genau die, die rufe ich jetzt an und dann fahre ich hin."

Feli freute sich, Sophie wiederzusehen, als die am Nachmittag in dem kleinen, beliebten Einkaufszentrum *Die Weiberwirtschaft* auftauchte. Sie schaute Sophie von oben bis unten prüfend an und lächelte erfreut. „Unser Lichterfest von Anfang Dezember letzten Jahres muss sehr weit und intensiv gestrahlt haben. Bist du auch im 3.Monat?"

Als Sophie nur überrascht nickte, setzte sie fort.

„Maja aus der Buchhandlung, Judith aus der Backstube, Wendy aus der Physiotherapie und sogar Kati unsere Chefin sind alle im 3. Monat. Wie habt ihr das nur hingekriegt? Ich würde ja auch gerne, aber ich heirate im Juni und da möchte ich unbedingt noch in mein Kleid passen."

„Du heiratest? Das ist toll! Ich freue mich so für dich."
Sophie umarmte Feli fest, trotz der abschreckenden Metallarmbänder mit Dornen.

„Wer ist denn der Glückliche?"

Feli lächelte geheimnisvoll. „Du kennst ja meine Vorgeschichte, aber Roger, der passt jetzt perfekt zu mir. Er liebt seinen Rechner genauso wie ich, wir können stundenlang über diese Dinge reden und als Hacker ist er einfach begnadet."

„Genau so etwas suche ich!"
Nachdem Sophie die Einzelheiten des Falls und auch ihre Anforderungen erklärt hatte, nickte Feli sofort erfreut.

„Sowas wäre für mich der Höhepunkt des Tages. Roger arbeitet im Sicherheitsbereich eines Bankenkonzerns, was er dort macht ist so geheim, darüber reden wir besser nicht. Aber er kennt sich wirklich aus und es ist keine Frage, dass wir euch helfen."

„Super!" Sophie atmete erleichtert auf, aber Feli wies noch auf ein großes Problem hin.

„ Du kannst eine Überweisung nur dann genau verfolgen, wenn sie aktuell gerade läuft. Ich könnte dir auch jetzt schon problemlos das Konto dieser Leute bei der Bank zeigen.
Aber solange sich dort nichts bewegt, können wir nichts machen.
Erfahrungsgemäß verwenden solche Betrüger mehrere Durch-

gangskonten, ehe eine Summe wirklich den Bestimmungsort erreicht, das würde eine Dauerüberwachung erfordern und das geht leider nicht."

Nachdenklich fuhr Sophie zurück. Oma Laura freute sich zwar über den Kindersegen in der *Weiberwirtschaft*, hatte aber auch keine weiterführenden Ideen, also wieder zum Anfang zurück.

Am nächsten Tag observierte sie die Diamond-Investment-Partner, um mit etwas Glück zu erfahren, welches Opfer der charmante Herr Rascal als nächstes ansteuern würde.

Zunächst passierte nichts. Am zweiten Tag verlor sie ihn am Stadtrand, weil ihr Kleinwagen den Schneemassen, die für Ende Februar höchst ungewöhnlich waren, nicht gewachsen war. Wieder zuhause entdeckte sie auf der Karte ein Wellness-Hotel genau in dieser Gegend. Ob er dort gewesen war?

Sie entschied sich, Frau Schweizer anzurufen, vielleicht war sie ja mit der Besitzerin bekannt.

Wie immer, wenn es brennt, kommt was dazwischen, ärgerte sich Sophie, als Frau Schweizer zurückrief und mitteilte, die Chefin nicht erreicht zu haben, allerdings habe die Assistentin bestätigt, dieser Herr sei im Haus gewesen.

Am nächsten Nachmittag, Sophie hatte schon kalte Füße bei ihrer Überwachung, meldete sich Frau Schweizer erneut.

„Die Dame ist gerade dabei zu überweisen, ich habe versucht, sie davon abzubringen, aber sie ließ sich nicht überzeugen."

Sophie rief sofort Feli an, die glücklicherweise Zuhause war, wendete dann den Wagen und fuhr zu ihr. Die öffnete ihr freudestrahlend die Tür.

„Mein Computergott ist schon am Werk!" Leise schlichen beide in den abgedunkelten Raum, in dem mehr Rechner, als in einem normalen Fachgeschäft standen.

Beeindruckt sah Sophie Zahlenreihen über die Monitore huschen, während Roger siegessicher auf die Tastatur hämmerte.

„Hab ich dich endlich, du Schweinepriester", brummte er schließlich und wandte sich um. „Das Geld, das du suchst ist hier. Es hat fünf Länder durchquert und liegt jetzt hier auf den Marshall-Inseln in der Karibik, aber leider unerreichbar für die Polizei und die Opfer dieser Betrüger. Mit den Überweisungen von heute, es waren zwei, sind es jetzt etwas mehr als 217 Millionen. Mehr kann ich leider nicht für euch tun."

Sophie fand Roger, der für einen Nerd erstaunlich trainiert aussah, sehr sympathisch und schüttelte dankbar seine Hand, aber immer noch etwas benommen.

Sollte das jetzt alles gewesen sein? Hatten sie sich dafür so ins Zeug gelegt, um zu erfahren, dass die Betrüger ein fettes Konto auf einer wunderschönen Insel hatten und einfach so weiter machen würden, wie bisher? Es musste doch irgendwo noch Gerechtigkeit geben!

Feli brachte ein Tablett mit dicken Keramik-Tassen. „Wenn ich mich ärgere, schrei ich entweder laut und schrill oder trinke heißen Kakao, das beruhigt mich auch."

Sie reichte Sophie eine Tasse, aber die stellte sie nur etwas unwillig ab.

„Ich will mich nicht beruhigen, ich will, dass etwas passiert! Ich wünschte das Universum wäre gerechter und würde dafür sorgen, dass die betrogenen Frauen alle ihr Geld zurück bekämen."

Nachdem sie das ausgesprochen hatte, wurde sie wirklich ruhiger. Roger lachte bei ihrem Ausbruch.

„Dein Wort in Gottes Gehörgang, das wäre ein echter Segen."

Noch etwas niedergeschlagen, nippten sie wortlos an ihrem Kakao, bis Roger plötzlich herumfuhr. „Was ist das denn?"

Wieder rasten die Zahlen über die Bildschirme, offensichtlich ohne System, denn Roger und Feli sahen gebannt zu, waren aber ratlos.

„Das Konto wird geräumt! Das ist das einzige, was ich sicher sagen kann", rief Feli.

„Es sind aber keine großen Summen", wandte Roger ein. „Entweder betrügen die sich gegenseitig, aber das würde auch nicht in dieser wahnsinnigen Geschwindigkeit gehen. Ich habe keine Ahnung, was hier passiert ist, aber jetzt ist das Konto leer. Die ganzen 217 Millionen sind weg!"

Immer noch ratlos fuhr Sophie nach einiger Zeit zurück, um nachzudenken und sich mit Oma Laura zu beraten.

Womit sie auf keinen Fall gerechnet hatte, war Frau Schweizer, die mit Oma Laura im Büro gewartet hatte und ihr freudestrahlend um den Hals fiel.

„Was immer Sie gemacht haben, das war fantastisch! Ich habe mein Geld wieder. Es ist ohne einen Kommentar auf mein Konto überwiesen worden, die gesamte Summe."

Laura, die mit Frau Schweizer schon mit einem Glas Wein angestoßen hatte, umarmte sie auch.

„Stella war gerade bei ihrer Schwester, sie hat ihr Geld auch wieder. Sophie-Schatz, das hast du großartig gemacht!"

Sophie kam kaum zu Wort, weil das Telefon permanent klingelte und glückliche Frauen mitteilten, ihr Geld sei auch wieder da.

Als Sophie abends im Bett lag, konnte sie immer noch nicht glauben, was da passiert war. „Danke, liebes Universum", flüsterte sie, „das war echt toll!"

Am nächsten Tag trafen sich die Krimifrauen wieder im alten Bahnhof und wie immer beim erfolgreichen Abschluss eines Falles gab es Sekt zum Anstoßen.

Diesmal hatte ihn Frau Schweizer spendiert, um den Frauen für ihre Mitwirkung zu danken.

„Ohne Prozess und vor allem ohne Prozesskosten, haben alle ihr Geld wieder. Einen glücklicheren Ausgang hätte ich mir gar nicht denken können."

„Ich schon", meldete sich Laura.

„Mir genügt das noch nicht, denn die werden weiter machen, wenn wir sie nicht aus der Stadt jagen!"

„Das ist gut", jubelte Stella. „Wir machen das so wie Sandra Bullock und Nicole Kidman in dem Film *Zauberhafte Schwestern*. Die zwei Hexen haben alle Frauen aktiviert und den bösen Geist dann mit Besen und geballter Frauenpower aus der Stadt gefegt."

„Der Besen muss nicht unbedingt sein", rief Emilia, „aber lasst uns überlegen, wie wir alle Frauen dieser Stadt über die Betrüger aufklären können und so verhindern, dass sie weiter Geschäfte machen. Mit der *Weiberwirtschaft* habe ich schon gesprochen, die sind dabei."

Claire schnippte schon ganz aufgeregt mit den Fingern. „Ich war mal bei den *Silver Girls* im weißen Haus am Obersee. Das sind clevere Frauen mit vielen Kontakten. Karla hält dort Vorträge, wie man sich einen dauerhaften Geldregen verschaffen kann, die rufe ich an."

„Aber das sind doch alles ältere Frauen, hattest du nicht gesagt, dass wir die ausschließen sollen?"

Claire, die sah, dass Christiane bei dieser Frage lächelte, nahm es ihr nicht übel. „Ich bin eben auch lernfähig und weiß, dass Frauen in diesem Alter Töchter und Enkelinnen haben."

Luisa hatte endlich in ihrem Adressbuch gefunden, was sie suchte. „Ich rufe Hilda an, sie war früher bei unserer Lokalzeitung. Jetzt hat sie mit über achtzig eine *Eingreiftruppe gegen Ungerechtigkeiten* gegründet. Die spucken Feuer, wenn ich denen von den Betrügern erzähle."

„Sollten wir den charmanten Herrn Rascal und seine Kollegen nicht auch beobachten, um vielleicht im letzten Moment einen neuen Geschäftsabschluss zu verhindern. Bestimmt beteiligen sich die Kinder vom *Club der kleinen Millionäre* auch wieder."

Antonia sah zufrieden, wie die anderen zu ihrem Vorschlag nickten und lehnte sich wieder zurück.

Dass sich Laura und Emilia bedeutungsschwangere Blicke zuwarfen, übersah sie dabei.

Christiane ergänzte die Notizen um einen Einsatzplan und Laura erinnerte alle noch einmal.

„Vernetzt euch mit allen Frauen und Männern, die ihr kennt. Nutzt Whats app, Facebook, eure E-Mails oder ruft an. Diesen Kampf werden wir gewinnen.

Nach einer Woche war der Spuk vorbei.

Laura kam schon morgens freudestrahlend zu Sophie.

„Die Büros sind geräumt, sie sind weg!"

„Ganz sicher?" Sophie zweifelte noch.

„Natürlich! Emilia hat mich gerade angerufen.

Wir hatten einen Beobachter im Nachbarhaus, der sagt, die Räume seien in aller Eile verlassen worden. Zum Glück hat er auch meinen kleinen Spion geborgen."

„Ihr beide habt dort eine Wanze eingeschmuggelt? Oma, das ist
illegal!"

„Na und", grinste Laura, „ du willst mir doch nicht sagen, dass diese Mistkerle das Gesetz geachtet hätten."

Sophie erhob sich und trat ans Fenster. „Nein, das bestimmt nicht.
Ich befürchte nur, jetzt werden sie eben in einer anderen Stadt
Frauen finden und sie betrügen."

Laura legte tröstend den Arm um ihre Schultern. „Das kann sein,
aber ganz sicher gibt es auch anderswo Frauen, die sie wieder ver-
treiben werden."

Das Spukhaus

„Halbzeit Freunde! Ich muss jetzt wirklich arbeiten."

Sophie Graf-Brunner stand auf, schob ein paar widerspenstige Locken hinter die Ohren und trat ans Fenster. Dort präsentierte sich gerade das sprichwörtliche Aprilwetter, mit einem schnellen Wechsel von Sonnenschein und heftigen Schauern.

Eigentlich wollte sie gerade ihren aktuellen Fall als Privatdetektivin abschließen, aber ihre Zwillinge bevorzugten es, lieber Fußball zu spielen.

Sie war mittlerweile im 5. Monat und es ging ihr wirklich fantastisch. Es plagte sie keines der lästigen Symptome, vor denen andere sie eindringlich gewarnt hatten. Im Gegenteil, sie schien mehr Energie zu haben als vorher und strahlte nicht nur nach innen, sondern vor allem nach außen.

Auch die besondere Fähigkeit, manches mit ihren Wünschen beeinflussen zu können, gab es immer noch. Damit ging Sophie jedoch sehr respektvoll um.

Es ging ihr also absolut besser als erwartet, allerdings gab es da seit kurzem diese Tritte von innen, die anfangs schüchtern waren, manchmal aber auch ziemlich gemein ausfielen. Vermutlich wollten sich die beiden schon auf eine spätere Laufbahn als Fußballer vorbereiten, nur mit dem Zusammenspiel haperte es noch. Wie im richtigen Leben auch, dachte Sophie und lächelte. Dann wurde es plötzlich ruhig in ihrem Inneren und sie konnte die letzten Notizen zu dem Fall beenden, in dem sie ein wertvolles Kartenspiel wieder beschafft hatte, das ein junger Mann einem Sammler gestohlen und dreist im Internet zum Verkauf angeboten hatte.

Inzwischen war das Liebhaberstück wieder bei seinem Besitzer und Sophie blieb nur noch, den Abschlussbericht und die Rechnung zu schreiben. Zeit für was Neues, dachte sie gerade, als sie Oma Laura schon auf der Treppe hörte. „Sophie-Schatz, wir haben einen neuen Fall!"

„Hoffentlich etwas Spannendes", rief Sophie, als Laura gerade frisch frisiert und strahlend das Büro betrat.

„Du errätst nie, wen ich heute beim Frisör getroffen habe!"

Als Sophie nur mit den Schultern zuckte, setzte Laura fort.

„Die große Michaela Werner, die bekannte Theater-Schauspielerin. Sie war eine wunderbare Julia, ein Gretchen der Extraklasse und als Titania einfach göttlich."

Nach einem Blick auf Sophies fragenden Gesichtsausdruck, erklärte sie mit einem stolzen Lächeln. „Wir sind früher in einer Schulklasse gewesen und seitdem habe ich sie eigentlich nur auf der Bühne gesehen, aber sie hat mich wiedererkannt."

Während Laura noch in ihren Erinnerungen schwelgte, fragte ihre Enkelin nur lapidar. „Vermisst sie etwas Wertvolles oder wofür braucht sie uns?"

Jetzt strahlte Laura erst richtig. „Nicht so etwas Profanes! Sie braucht uns, weil sie ein Haus geerbt hat, in dem es spukt."

Sophie beugte sich interessiert vor. „Meinst du einen Poltergeist oder eher wie in „Das Haus der Lady Alquist", mit Lichtflackern, Schritten, Schleifgeräuschen und so? Den Film haben wir neulich im Schwarz-Weiß-Kino gesehen."

„Ja genau, den Film hat sie auch erwähnt." Laura nickte noch einmal, setzte sich dann in den bequemen Sessel, den Sophie ihr hingeschoben hatte und kramte in ihrer Tasche.

„Hier habe ich die Adresse. Michaela hat von ihrer Tante, Agnes von Hoheneck, ein zweistöckiges Haus mit großem Grundstück geerbt. Sie will dort mit ihrer Enkelin, die vorher in einem Hotel gearbeitet hat, eine Pension für Künstler einrichten.

Die Enkelin hat wohl ihren Job verloren und Michaela meint, sie habe alle Rollen gespielt, die wichtig waren, jetzt möchte sie etwas kürzer treten."

„Und können wir einen Diamanten suchenden Ehemann ausschließen, wie bei Lady Alquist? Oder einen übergangenen Erben oder einen Investor, der auf das Grundstück spekuliert?"

Auf Sophies Fragen hatte Laura nur eine Antwort. „Finde es heraus! Michaela möchte dich damit ganz offiziell beauftragen."

Sophie machte sich sofort Notizen und versuchte, die wichtigsten Ansatzpunkte zu klären. „War der Spuk von Anfang an da oder kamen die Geräusche erst später, nachdem man herausgefunden hatte, dass es eine Pension werden soll?"

„Du meinst, es könnte ein Konkurrent sein?" Laura überlegte.

„Genau weiß das keiner. Sie haben zuerst einige Räume in der ersten Etage renoviert, damit Amy, das ist die Enkelin, dort auch übernachten konnte. Und erst als sie das letzte Woche auch machte, hat sie den Spuk gehört, der vom Dachboden kommt. Amy hat sich fürchterlich erschrocken, sie ist noch in der Nacht geflohen und zu ihrer Großmutter gezogen. Die kriegen keine zehn Pferde wieder hin, bis das geklärt ist. Also sollten wir schnell etwas tun, ich werde gleich übermorgen mit den Krimifrauen darüber diskutieren." Sophie sah über ihre Notizen und grinste erwartungsvoll.

„Ein Spukhaus, so etwas hatten wir ja noch nie! Das schreit förmlich danach, die *Kleinen Detektive* einzuschalten. Die werden sowas von begeistert sein. Ich rufe Ben an, wenn der Unterricht vorüber ist. Vielleicht haben sie auch eine technische Spielerei, die gut passt."

Wie von Sophie vermutet, schlugen die Wellen der Begeisterung hoch, als sich die *Kleinen Detektive* im Baumhaus trafen. Eigentlich handelte es sich bei diesen sieben Kindern um den *Club der kleinen Millionäre*, die sich mit 10 Jahren entschieden hatten, reich zu werden und auch selbst dafür zu sorgen. Deshalb sparten sie eisern und lernten, ihr Geld gut einzuteilen. Aber ihre erste größere Anlage verdankten sie der Belohnung für das Ergreifen einer jugendlichen Einbrecherbande. Seitdem waren sie auch ab und zu die *Kleinen Detektive* gewesen.

Jetzt mit 12 hatte sie das Krimifieber richtig gepackt und sie freuten sich über jede Gelegenheit, mit Sophie, der Privatdetektivin, oder den Krimifrauen vom alten Bahnhof auf Verbrecherjagd zu gehen.

Ein Spukhaus allerdings war das Allergrößte.

„Am liebsten würde ich gleich dort übernachten, mit diesem Geist werde ich schon fertig", schrie Sporty, der größte und kräftigste der Jungs angriffslustig.

„Und willst du den Geist mit einem Netz fangen oder hast du Energiekanonen, wie die Ghost Busters?" Betty, die häufig mit Sporty im Clinch lag, grinste leicht überheblich.

Ben, der Streit vermeiden wollte, schaltete sich deswegen schnell ein. „Es gibt keine Geister, das ist doch klar! Aber was dort vor sich geht, wissen wir nicht, deshalb sollten wir es wissenschaftlich klären. Wenn dort tatsächlich etwas Absonderliches sein sollte, dann müssen wir es genau dokumentieren. Noddy können wir ein Ektoplasma messen?"

Der Angesprochene strich sich über seine kurz geschnittenen, roten Haare und grinste. „Schätze schon, allerdings hatte ich bisher noch keine Gelegenheit."

„Ein Ekto…was willst du messen?" Fritzi, die Schwester von Sporty, sprach aus, was die anderen auch interessierte, während sie ihre

Hündin Perla streichelte.

„Wenn es sich um einen Geist handeln sollte", dozierte Ben, „was ich natürlich nicht annehme, dann ist er nicht wirklich unsichtbar. Ektoplasma ist das, was man auch Spirit-Cloth, Geisterkleidung nennt. Es müssten sich also Energiespuren nachweisen lassen und das wird von uns erfasst."

„Es könnte aber auch sein, dass in diesem alten Haus etwas Wertvolles versteckt wurde und jemand heimlich danach sucht", schlug die blonde Lissy vor, die ihren Hund Hagrid mitgebracht hatte.

„Wir sollten lieber unsere Hunde auf dem Dachboden nach verdächtigen Spuren suchen lassen."

Ben hob die Hand. „Die Idee ist auch gut. Am besten machen wir beides. Als erstes stellen wir das Messgerät auf und am nächsten Tag könnt ihr die Hunde loslassen."

Schon am Dienstag wurde das Messgerät von Ben und Noddy auf einem vorstehenden Balken installiert und der Dachboden gemeinsam mit Oma Laura gründlich inspiziert. Das ging schnell, denn dieser Dachboden war absolut leer und damit eine komplette Enttäuschung für die kleinen Spürnasen!

Keine geheimnisvollen Schrankkoffer, keine Hutschachteln, keine Kisten oder Kästen, keine alten Kommoden mit Geheimfach.

Nicht einmal genügend Staub, um mögliche Fußspuren zu erkennen. Das einzige Auffallende war ein großer Kleiderschrank an der

Wand zum Nachbarhaus, der jedoch absolut leer war.

Wo sollte hier etwas Wertvolles sein? Wer würde einen komplett leeren Dachboden durchsuchen wollen?

„Hoffentlich bringen die Messungen irgendein Ergebnis, denn sonst scheint es kaum möglich, dieses Geheimnis zu lüften", fasste Oma Laura zusammen, als sie gemeinsam das Haus verließen.

Aber auch der nächste Tag begann schon wieder mit einer Enttäuschung. Als die Kinder am Nachmittag mit Sophie den Dachboden stürmten, zeigte das Messgerät keinerlei Ergebnisse.

Sonderbar war nur, dass jemand oder etwas, das Gerät gedreht hatte.

Leider wurden keine Fingerabdrücke hinterlassen, wie Ben und Noddy sofort frustriert feststellten.

„Wo ist eigentlich Sporty?" Sophie hatte schon beim Hochgehen registriert, dass der größte der *Kleinen Detektive* fehlte.

„Er ist noch beim Training", antwortete seine Schwester Fritzi. „Er müsste aber gleich kommen."

„Dann lasst uns sehen, was die Hunde finden." Nach dieser Aufforderung von Sophie ließen Fritzi und Lissy ihre Hunde von der Leine und erwarteten, wie die anderen auch, dass sie alle Ecken abschnüffeln würden.

Aber Perla und Hagrid liefen sofort auf den großen Kleiderschrank zu und bellten. „Mann, der ist doch leer", maulte Ben. „Den haben wir doch schon gestern durchsucht."

Trotzdem zögerten die Mädchen. Wenn ihre Hunde sich derartig aufführten, war vielleicht heute doch irgendetwas in diesem Schrank?

Hilfesuchend sahen sie Sophie an, als Sporty die Treppen herauf-polterte. „Fangt ja nicht ohne mich an! Wartet noch!"

Das letzte nuschelte er nur noch, weil er ein Tuch vor die rechte Wange hielt, als er in den großen Raum stürmte. Während ihn alle anstarrten, murmelte er nur „Kleiner Unfall."

Dann nahm er das Tuch zur Seite. Entsetzt schrien Lissy und Tanja auf, als sie den großen, blutigen Riss in der Wange sahen, der nur notdürftig geklammert schien.

Sophie grinste in sich hinein, äußerte sich aber nicht dazu.

Nur Betty musterte die Verletzung genauer, um dann kritisch fest-zustellen:„Das ist aber miserabel genäht."

„Ja", grinste Sporty, „da hast du recht. Dafür lässt es sich aber auch ganz leicht wieder abziehen."

Als er die Fake-Verletzung entfernt hatte, lachten die Jungs ein wenig neidisch, während ihn die Mädchen empört an die Oberarme boxten. „Du bist wirklich ein Esel", schimpfte Lissy. „ich habe mir echt Sorgen gemacht."

Sporty lachte nur und klatschte seine Schwester ab, die ihm gehol-fen hatte. „Das war doch nur ein April-Scherz!"

„Aber der 1.April ist lange vorbei, das solltest selbst du bemerkt haben." Betty hatte schon wieder diesen belehrenden Tonfall, von dem sie glaubte, dass er Sporty ändern könnte.

Aber der schaute sie nur treuherzig grinsend an. „Am 1.April habe ich keinen von euch gesehen, also habe ich das jetzt erledigt. Wie weit seid ihr hier? Habt ihr schon in den Schrank gesehen?"

Ohne auf Antwort zu warten, riss er dezent, wie ein Elefant im Porzellanladen die Schranktüren auf, während Lissy und Tanja noch vor Schreck die Luft anhielten.

Er kletterte in den Schrank, der wirklich enttäuschend leer war.

Dennoch bellte Perla weiter, was ihn einhalten ließ.

Er drehte sich um. „Was hat sie denn? Hier ist doch wirklich nichts!"

Wie um das zu beweisen, breitete er seine Arme bis zu den Seitenwänden aus und fiel plötzlich vor den entsetzten Blicken der anderen nach hinten.

Vermutlich hatte er mit seinen Armen irgendeinen geheimen Mechanismus ausgelöst, der die Rückwand des Schrankes öffnete und Zugang zum Nachbarhaus gewährte.

Sporty rappelte sich überrascht wieder auf. „Das ist ja wie bei den Magiern, die Menschen verschwinden lassen. Das war echt toll!"

Das fanden auch Sophie und Noddy, die sich anschließend gemeinsam in den Schrank zwängten und relativ schnell die Schalter fanden, mit denen man die Schranktüren von beiden Seiten öffnen konnte. Sophie richtete sich etwas mühseliger wieder auf.

Ganz so beweglich wie früher, war sie mit Zwillingen doch nicht mehr. Sie atmete tief ein, um sich wieder zu normalisieren.

„Mit dieser Entdeckung ist glasklar, dass hier keiner spukt. Es ist ein Mensch, der hier eindringt, um irgendetwas zu erreichen oder etwas zu suchen. Was wir jetzt mit dieser Geheimtür machen, muss Frau Werner entscheiden. Betty, wärst du so nett und würdest sie nach oben bitten?"

Michaela Werner bekam große Augen, als ihr die Kinder begeistert den Mechanismus vorführten.

„Was mit dieser Geheimtür geschieht, liegt ganz bei Ihnen", erklärte Sophie. „Sie können sie dauerhaft schließen, dann wäre Schluss mit den Geräuschen. Oder wir lassen sie unversehrt und ich installiere Überwachungskameras, damit wir wissen, wer hier rein kommt und zu welchem Zweck."

Frau Werner überlegte nicht lange. „Ich will wissen, was hier los ist, sonst komme ich nicht zur Ruhe und meine Amy auch nicht. Stellen Sie sich bloß vor, wenn dieser Jemand etwas Bestimmtes sucht, aber die Tür verschlossen ist, dann kommt er womöglich durchs Fenster." Sie schüttelte sich. „Also installieren Sie alles, was gebraucht wird."

Nachdem Sophie mehrere winzige Kameras in Richtung Kleiderschrank angebracht hatte und mit den *Kleinen Detektiven* nach unten ging, wandte sie sich erneut an Frau Werner. „Gibt es eigentlich noch Unterlagen ihrer Tante, die das Haus betreffen? Vielleicht war das eine Firma, die diesen Durchgang gebaut hat?"

Michaela Werner nickte. „Ich habe einiges in einer Kiste hinten im Büro, da kann ich gerne nachsehen. Aber der Durchgang ist bestimmt eine Bastelei von ihrem missratenen Sohn. Curd war schon als Kind ein kleines Genie auf diesem Gebiet, hat aber schnell ein tragisches Ende gefunden."

Sophie bedankte sich und nahm sich vor, das als erstes zu recherchieren.

Noch am gleichen Abend informierte sie Oma Laura. „Es gibt keine gierigen Investoren oder Konkurrenten für die Pension. Es dürfte bei der Erbschaft auch niemand übergangen worden sein, denn der Sohn von Agnes von Hoheneck ist schon seit 1988 tot. Allerdings glaube ich, dass er dennoch die Schlüsselfigur in diesem Fall ist."

Nachdem Laura sich ihren Notizblock geholt hatte, um Wichtiges in ihren eigenen Steno-Sigeln zu notieren, präsentierte ihr Sophie die ganze Geschichte.

„So wie Michaela Werner angedeutet hat, ist Curd von Hoheneck schon als Schüler durch seine Talente auf technischem Gebiet aufgefallen.

Leider nutzte er das nicht für seine Ausbildung, sondern dafür, jedes Schloss in seiner Nähe in kürzester Zeit zu knacken. Mit 25 hatte er schon 5 Jahre Gefängnis hinter sich und unzählige Einbrüche begangen, von denen einige bis heute nicht aufgeklärt sind."

„War er allein?"

Sophie grinste. Oma Laura hatte den Finger schon wieder auf der wundesten Stelle.

„Das wissen wir nicht, es gibt keine Hinweise dazu, aber ich grabe weiter. Interessant wäre vor allem, hat er die Geheimtür nur gehabt, um ungesehen aus dem Haus zu kommen oder wartete jemand auf der anderen Seite?"

„Wie ist er denn umgekommen?"

Sophie blätterte in ihren Unterlagen. „Dazu gibt es Polizeiakten. Er war damals 28 und ist auf der Flucht vor der Polizei von einem Dach gestürzt. Vorher hat er zwei große Goldmünzen aus dem Alten Museum gestohlen, das waren Leihgaben. Dir muss ich nicht erklären, was das für Probleme bringt."

Laura, die selbst früher ein Museum geleitet hatte, nickte verständnisvoll. „Und als er abgestürzt ist, hatte er sie nicht bei sich? Wo hat er sie dann gelassen, bei einem Komplizen?"

Sophie schüttelte den Kopf. „Das glaube ich nicht. Er muss vorher noch an einem Versteck gewesen sein. Möglicherweise ist es das, wonach jemand sucht."

Laura stöhnte frustriert. „Oder irgendetwas anderes. Es könnte interessant sein, nachzuforschen, was in diesem Jahr alles verschwunden ist."

Am nächsten Morgen zeigte sich der erste, kleine Erfolg, als Sophie die Fotos aus den Überwachungskameras auswertete, obwohl die Aufnahmen wahrlich nicht optimal waren.

Dennoch konnte man erkennen, dass ein großer, kräftig gebauter Mann mit einer Stirnlampe den Dachboden betrat und offensichtlich etwas suchte.

Er schien die Wände und die Dachsparren abzuklopfen, allerdings ohne irgendein Ergebnis.

Als Oma Laura später vorbeikam, druckte Sophie die Aufnahmen gerade aus. „Schau dir das an, es ist uns jemand in die Foto-Falle gegangen."

Neugierig trat Laura näher. „Der sieht gefährlich aus, dem möchte ich nicht auf meinem Dachboden begegnen."

„Meinst du Frau Werner könnte ihn kennen?"

Laura krauste die Nase. „Das glaube ich nicht. Aber ich kann sie fragen, ich bin gerade auf dem Weg zu ihr. Sie hat angerufen, dass sie Tagebücher ihrer Tante gefunden hat, hoffentlich nicht nur Liebesgedichte!"

Wie von Laura vermutet, schüttelte Michaela Werner ganz entschieden den Kopf, als ihr Blick auf das Foto fiel. „Den habe ich noch nie gesehen und den möchte ich auch ganz bestimmt nicht kennenlernen. Noch heute lasse ich außen einen festen Riegel an die Tür zum Dachboden anbringen, nur für alle Fälle."

Nachdem sich beide anschließend bei einem starken Espresso

durch die jugendlichen Schwärmereien der Agnes von Hoheneck durchgearbeitet hatten, fanden sie zwar keine Hinweise zur Geheimtür, aber immerhin einige Seiten zu ihrem Sohn, auf denen sie ihn zwar immer noch glorifizierte, aber zunehmend auch den negativen Einfluss des Nachbarsohns Olaf Eckardt auf Curd von Hoheneck beklagte.

Laura hatte sofort wieder das kribbelnde Gefühl in der Nase, das ihr schon oft den richtigen Weg gewiesen hatte.

Sie notierte diesen Namen genau, obwohl derjenige, falls er gleichaltrig war, jetzt auch schon um die sechzig sein könnte.

Sophie würde das mit ihren Mitteln schnell herausfinden können.

Zufrieden lehnte sie sich zurück und lächelte Michaela an.

„Und du hast wirklich kein Heimweh nach der großen Bühne?"

Die lehnte sich auch in ihrem Sessel zurück und schaute über die Fotos ihrer Karriere, die die gesamte Frontwand einnahmen.

„Weißt du, das Theater hat sich sehr verändert. Damals als ich in Meiningen debütierte, das gab es noch Aufführungen wie beim Theaterherzog Georg, dem II., mit historisch getreuem Bühnenbild und ebensolchen Kostümen, es gab ein Ensemble, das für das Stück brannte und die aktuellen Bezüge fand das Publikum noch ganz alleine.

Heute hast du das absolute Gegenteil, das Bühnenbild ist eine Farce, Kostüme kann man einsparen, nackt zieht mehr Zuschauer an und über die Regisseure will ich mich gar nicht auslassen, da kann ich nur noch den Kopf schütteln."

„Verstehe", grinste Laura. „Bei manchen fängst du mit Kopfschütteln an und musst aufpassen, dass du mit der Zeit nicht ein Schleudertrauma kriegst."

Michaela lachte. „ Ich habe eine wirklich gute Zeit gehabt und jetzt kann ich meine Erinnerungen pflegen oder sie auch weitergeben. Wir wollen die Zimmer nach Figuren aus berühmten Bühnenstücken oder Filmen benennen, wie findest du das?"

Natürlich fand Laura das sehr interessant und daraus entspann sich ein lebhaftes Gespräch, so dass sie fast vergessen hätte, den Namen des Nachbarsohnes an Sophie weiter zu geben.

Am Nachmittag war Laura trotz heftigem Aprilschauer wieder unterwegs zum alten Bahnhof. Dieses wunderschöne alte Fachwerkgebäude hatte eine Gruppe junger Leute gekauft, saniert und es zu einem beliebten Treffpunkt gemacht.

In Lettys Café *Schokohimmel* trafen sich die Krimifrauen jeden Mittwoch seit sie im Ruhestand und von Krimifieber gepackt waren.

Manchmal diskutierten sie über die Bücher ihrer Lieblingsschriftsteller Agatha Christie und Conan Doyle, aber noch lieber schalteten sie sich selbst ein und klärten Verbrechen auf.

Da sie dabei auch ziemlich erfolgreich waren, hatten sie schon einen gewissen Ruf erworben, der es häufig leichter machte, an die notwendigen Informationen zu kommen.

Als Laura an diesem Mittwoch das Café betrat, konnten die anderen schon an ihren funkelnden Augen ermessen, dass es wieder spannend werden würde. Und Laura ließ sie nicht lange warten.

„Wir haben einen neuen Fall. Unsere Auftraggeberin ist Michaela Werner, die Schauspielerin."

„Du meinst die Michaela, die mit uns…" Luisa, die älteste Freundin von Laura konnte das gar nicht fassen.

„Genau, wir beide waren mit ihr in der gleichen Klasse", erklärte Laura stolz. „Dann hat sie eine Riesenkarriere am Theater gemacht, jetzt ist sie wie wir auch im Ruhestand und beschert uns einen tollen Fall. Sie hat von einer Tante ein Haus geerbt, in dem es spukt!"

„Meinst du irgendwelche heulende Dämonen oder eher so etwas wie in dem Film mit Ingrid Bergmann. Wie hieß denn der"?

Claire, die früher ein Reisebüro hatte und ein Filmfan war, konnte sich das gut vorstellen. „Sucht da auch jemand nach Diamanten? Denn an Geister glaube ich nicht."

Laura lächelte. „ *Das Haus der Lady Alquist,* den Film habe ich mir extra angesehen. Denn an Geister glaube ich auch nicht, aber die Kinder haben das sogar wissenschaftlich geprüft. Da ist nichts, was nicht von dieser Welt wäre.

Aber jemand scheint tatsächlich etwas zu suchen und kommt nachts durch eine Geheimtür, die wir mittlerweile auch entdeckt haben. Was er sucht, wissen wir nicht, das könnte auch schwierig werden, denn der Dachboden ist komplett leer."

„Mich interessiert die Geheimtür", rief Emilia, die frühere Psychologie-Dozentin und heutige Krimi-Autorin. „Weißt du schon, wer sie gebaut hat und wohin sie führt?"

„Vielleicht hat das Haus auch eine besondere Geschichte, irgendein Ereignis, das weit in die Vergangenheit zurückreicht", schloss Christiane, die frühere Lehrerin an.

„Moment", Laura hob die Hand, weil sie trotz ihrer speziellen Steno-Siegel kaum mit Notieren nachkam. „Über die Geschichte des Hauses wissen wir noch nichts, ist aber notiert. Die Geheimtür führt ins Nebenhaus. Wer dort alles gewohnt hat, ist noch unbekannt, bis auf einen Namen, der mir nichts sagt. Agnes von Hoheneck, das ist die Tante, beklagt in ihren Tagebüchern dessen negativen Einfluss auf ihren Sohn. Aber der brauchte wahrhaftig keine weiteren Einflüsse, wenn man den Polizeiakten glauben kann. Auf sein Konto gingen unzählige Einbrüche, von denen einige bis heute nicht geklärt sind."

„Wenn ich dich richtig verstanden habe", formulierte Luisa, die früher beim Amtsgericht war, ihre Schlussfolgerung sehr bedächtig, „sucht möglicherweise jetzt noch jemand nach dieser Beute. Wie könnte er davon wissen?"

„Sicher stand einiges in den Zeitungen.", Laura sah auf ihre Notizen. „Bis jetzt wissen wir aus den Polizeiberichten von zwei Goldmünzen von unschätzbarem Wert, die Hoheneck 1988 aus dem Museum gestohlen hat.

Danach ist er auf der Flucht vor der Polizei vom Dach gestürzt, die Münzen hatte er nicht bei sich. Es wäre interessant zu wissen, was in diesem Jahr oder auch davor noch alles an spektakulären Einbrüchen gegeben hat und ob es dabei Mittäter oder Helfer gab."

„Das ist 32 Jahre her", stöhnte Antonia, die ehemalige Krankenschwester, „da müsste Sophie die Kriminalarchive durchsehen. Das kann doch keiner von uns wissen."

„Doch ich!" Stella, die Witwe eines bekannten Malers, war aufgesprungen. „Ich erinnere mich sehr genau. 1988 wurde ein ziemlich bekanntes Bild des irischen Malers Lucian Freud aus dem Neuen Museum gestohlen und zwar bei laufendem Betrieb. Das war damals ein Riesenskandal. Freud hatte damals seinen Freund Francis Bacon gemalt und hing selbst so sehr an dem Bild, dass er sogar Flyer für die Suche gemalt hat. Alles ohne Ergebnis, das Bild ist bis heute nicht aufgetaucht."

Laura hatte aufmerksam zugehört und glaubte sich auf der richtigen Spur. „Und was wäre das heute wert?"

Stella hob die Schultern. „Genau kann ich das nicht sagen, versichert war es für 100.000, damals D-Mark. Aber es gibt noch andere Bilder, die verschwunden sind und möglicherweise viel Geld bringen würden. Das „Kohlfeld" von Max Liebermann, die „Seerosen" von Emil Nolde, beide mehrere Hunderttausend wert."

„Danke Stella, das sind wichtige Hinweise, die ich an Sophie weiter gebe.

Noch etwas anderes. Es ist nicht ausgeschlossen, dass einige von uns in dieser Pension übernachten müssen, wenn wir den Eindringling rechtzeitig fangen wollen. Natürlich nicht alleine, sondern mindestens zu zweit, seid ihr dabei?"

Mit vielen Zustimmungsrufen endete das Treffen der Krimifrauen allerdings nicht, ohne das erste Übernachtungspaar für das Spukhaus zu küren.

Als Laura beschwingt und voller Vorfreude nach Hause kam und Sophies Büro aufsuchte, wurde sie allerdings von ihr entschieden gebremst.

„Omi, wir müssen vorsichtig sein! Dieser Nachbarsohn Eckardt ist ein ziemlich brutaler Typ und zurzeit zur Fahndung ausgeschrieben. Felix sagt, er habe eine Sicherheitsfirma gehabt und lag im Dauerstreit mit einem Konkurrenten. Vor kurzem hat er diesen Mann auf offener Straße kaltblütig erschossen und sich danach abgesetzt. Das heißt, er ist bewaffnet und hat vermutlich keine Hemmungen, sich seinen Weg frei zu schießen."

Laura hatte vor Schreck die Hand vor den Mund gehoben. Wenn das so war, dann könnte das womöglich doch eine Nummer zu groß für sie sein? Es sei denn… Dieser Gedanke zauberte wieder ein Lächeln auf ihr Gesicht.

„Wie kommt der eigentlich in das Nachbarhaus oder haben die noch die gleichen Schlösser von damals?"

Sophie blätterte in ihren Informationen. „Unmöglich ist das nicht, aber er hat eine jüngere Schwester, die dort wohnt. Vermutlich weiß die nichts von seinen Suchaktionen."

„Also müssen wir verhindern, dass er verschwinden kann. Wenn man den Schalter an der Geheimtür so manipuliert, dass er rein, aber nicht wieder raus kann, schnappt die Falle zu."

Laura sah die Verwirklichung ihres Planes schon vor sich und unterstrich ihre Bemerkungen mit triumphierenden Schlägen auf den Tisch.

Sophie grinste. „Superidee, Omi! Damit kommst du nur ein wenig zu spät. Noddy hat mir den Sperrschalter schon vorgeführt, den er entwickelt hat. Der wird morgen eingebaut und kann dann über ein einfaches Handy betätigt werden, wenn von oben die Geräusche zu hören sind. Und dann kann ich gleich die Streife alarmieren."

„Wieso du?" Oma Laura sprang empört auf. „Das kannst du doch nicht machen, du bist schwanger! Für solche Einsätze hast du doch uns."

Sophie sah das anders, aber Laura blieb hartnäckig. „Denk an die Kleinen, der Stress könnte ihnen schaden. Emilia und Christiane haben sich als erste gemeldet. Ihnen kannst du doch vertrauen! Danach komme ich mit Luisa und dann sehen wir weiter."

Irgendwann gab Sophie nach, hatte aber immer noch ein mulmiges

Gefühl.

Aber in der ersten Nacht der Überwachung tat sich gar nichts. Emilia und Christiane gaben sich enttäuscht, waren aber doch auch sehr erleichtert, dem Verbrecher nicht begegnet zu sein.

Am folgenden Abend machten sich Laura und Luisa gemeinsam auf den Weg.

Sie lachten zwar und alberten herum, denn noch erinnerte das Ganze eher an frühere Aufenthalte in der Jugendherberge, aber Sophie machte zum ersten Mal die Erfahrung, dass man sich außerhalb der Gefahrenzone viel mehr Gedanken machen konnte, als mittendrin.

Sie zitterte jetzt nicht nur um die beiden Frauen, sondern auch um Felix, der die Nachtschicht in diesem Bereich hatte.

Sie wollte ihn doch nur zur Vorsicht mahnen, das aber hatte zum ersten schweren Krach in ihrer Ehe geführt.

Und dann hatte dieser unmögliche Mann ihr beim Abschied nur gelassen zugezwinkert und sie auf diese besondere Art geküsst, bei der sie das Gefühl hatte, sämtliche Knochen wären geschmolzen.

Wie sollte sie nur weiterleben, wenn ihm was passierte?

Ihr Seufzer kam daher aus tiefstem Herzen. *Liebes Universum, wenn es heute passieren soll, lass es vor allem gut ausgehen!*

Laura und Luisa waren indessen in der Pension dabei, den Sperrmechanismus zu testen. Laura klopfte kräftig mit ihrem Schuhabsatz auf den Boden und Luisa aktivierte daraufhin den Sperrschalter. Erst als sie sich überzeugt hatten, dass er wirklich funktionierte, schaltete Luisa wieder um und Laura verließ den Dachboden.

Nachdem sie die Tür sorgfältig abgeschlossen hatte, prüfte sie die Festigkeit des Außenriegels und schob mit einiger Mühe noch eine schwere Kommode vor die Tür. Danach machten sich beide in ihren Trainingsanzügen kampfbereit, aber ihre Geduld wurde auf eine harte Probe gestellt.

Ohne Licht war ihnen schnell langweilig. Anfangs erzählten sie sich noch Gruselgeschichten über Spukhäuser und Spukwesen, um nicht einzuschlafen, aber irgendwann waren sie doch eingedöst.

Bis sie plötzlich feste Hammerschläge aufspringen ließen.

In der Eile hatte Luisa das Steuerungshandy fallen lassen und begann sich für ihre Ungeschicktheit zu beschimpfen.

Sie rutschte verzweifelt am Boden herum, bis sie es wieder fand.

Inzwischen hatte Laura Felix direkt auf seinem Handy informiert und suchte jetzt Luisa im Dunkeln.

„Wir müssen ruhig bleiben und oben nachsehen", flüsterte Laura beschwörend.

„Ja, ich jammere doch nur, weil das nicht hätte passieren dürfen."

Luisa klang schon etwas panisch, aber Laura zog sie hoch.

„Dann jammere oben weiter, aber leise."

Vorsichtig schlichen beide die Treppe nach oben.

Jetzt klopfte auch Lauras Herz etwas schneller und Luisa stöhnte erleichtert, als man von draußen schon die Polizeisirene hören konnte.

Eckardt reagierte offensichtlich auch etwas panisch und versuchte durch die Dachbodentür zu entkommen. Brutale Schläge donnerten gegen das massive Holz. Bei jedem Schlag zuckten die Frauen zusammen. Die Tür würde doch halten, oder?

Dann schoss er sogar auf das Schloss. Luisa hielt sich angstvoll die Ohren zu. Aber der Riegel und vor allem die schwere Kommode davor verhinderten, dass Eckardt durchbrach.

Nachdem sich Felix über das Handy gemeldet hatte, deaktivierte Laura mit zitternden Händen den Sperrmechanismus und hörte dann, wie die Polizisten durch den Schrank auf den Dachboden stürmten. Eckardt, der noch immer wütend auf die Tür einschlug, konnte so ohne größere Probleme festgenommen werden.

Höchst erleichtert, aber stolz, der Gefahr getrotzt zu haben, riefen sich Laura und Luisa ein Taxi, um doch lieber im eigenen Bett zu schlafen. Natürlich war an Schlaf noch nicht zu denken, denn als Laura ihre Freundin Luisa im Nachbarhaus abgesetzt hatte, wartete bei ihr noch Sophie, die ihre Oma erleichtert in die Arme schloss, aber auch einen genauen Bericht erwartete.

Nachdem Laura geendet hatte, wurde sie noch einmal innig umarmt.

„Gut, dass alles glatt gegangen ist. Aber wie konntest du wissen, dass Eckardt diesen Weg nehmen würde. Er hätte doch viel leichter

die Schrankrückwand zertreten können, als diese stabile Tür?"
Laura grinste nur erleichtert. „Mein Gehirn ist manchmal ein be-
ängstigender Ort. Aber so hat es doch hervorragend geklappt. Michaela wird sich freuen."

Nachdem sie Michaela Werner am nächsten Tag die erlösende
Nachricht übermittelt hatte, lud Sophie die *Kleinen Detektive* und
Laura die Krimifrauen für den Nachmittag auf den Dachboden ein,
wo Michaela sich bei allen bedanken wollte.

Die schwangere Sophie wurde von den Krimifrauen, die sie lange
nicht gesehen hatten, regelrecht umschwärmt. „Sophie, du siehst so
gut aus. Du strahlst richtig von innen", betonte Antonia. „Dann ist
auch alles in Ordnung."

„Und habt ihr schon Namen?" Claire war wie immer etwas neugierig.

Sophie lachte. „Noch nicht endgültig. Jetzt heißen sie noch Steil-
pass und rechte Flanke."

„Ja das kenne ich, bei meinem Sohn dachte ich auch er würde Pro-
fi-Fußballer, aber das hat sich gegeben, heute ist er Beamter."

Nachdem noch einmal alle Einzelheiten der Festnahme erzählt
waren, die Frauen mit Sekt und die Kinder mit einem Schokosha-
kes angestoßen hatte, blieb nur noch eine Frage offen.
Was hatte Eckardt eigentlich gesucht?
Sophie lächelte vergnügt, während sie die Spannung und die Neu-

gier der anderen sichtlich genoss.

„Felix hat mir erzählt, Eckardt brauchte dringend Geld, um verschwinden zu können. Deshalb hat er nach der Schatzkammer gesucht, die Curd von Hoheneck hier auf dem Dachboden angelegt haben soll. Bisher hat sie noch keiner gefunden, aber das kann ja noch werden."

Den letzten Satz betonte sie, als sie die funkelnden Augen der *Kleinen Detektive* sah, die sich eifrig von den Erwachsenen entfernten, um bei der Suche keine Ecke zu verpassen.

Aber da der Dachboden nach wie vor leer war, fingen sie nach einer Weile an, lieber mit den Hunden zu spielen, die auch schon müde schienen.

Laura, die immer ein Auge auf die Kinder hatte, beobachtete, dass der braune Hund von Fritzi, an einer ganz bestimmten Stelle am Boden liegenblieb und eindringlich bellte.

Nach kurzer Zeit sprang auch das winzig kleine weiße Hündchen dorthin. Die blonde Lissy, die ihrem Hund folgen wollte, stolperte dabei über ihn, rutschte aus und knallte auf den Boden.

Laura rannte sofort zu ihr, als plötzlich genau neben Lissy eine Bodendiele nach oben schnellte. Sofort stürmten auch die *Kleinen Detektive* dorthin, die einen, um Lissy zu helfen, die aber unverletzt wieder aufsprang, die anderen, um die Öffnung zu untersuchen.

Ben und Noddy lagen schon auf dem Bauch und tasteten unter den

Dielen, als sich plötzlich eine Klappe hob und den Blick auf die Schatzkammer des Curd von Hoheneck freigab.

Staunend mit offenem Mund, starrten die Kinder wie auch die Erwachsenen auf die Schätze.

Unzählige, schimmernde Goldmünzen in durchsichtigen Verpackungen, Bildrollen, seltene Bücher, mehrere Etuis mit wertvollem Schmuck und sogar ein Samtbeutel mit Diamanten füllten eine Einlassung im Fußboden.

Nachdem die Polizisten, die Sophie informiert hatte, begonnen hatten sich mit der Erfassung zu beschäftigten, verließen die Krimifrauen und die Kleinen Detektive erschüttert, aber erfolgreich das ehemalige Spukhaus.

Vier Monate später

Sophie hatte gerade ihre Zwillinge gestillt und jetzt schliefen sie endlich. Sie strich sich über die Stirn und dehnte ihren Rücken.

So alleine war das ganz schön anstrengend mit Laurie und Leon.

Aber Uroma Laura würde ja bald von ihrer Reise aus England zurückkommen. Zusammen mit den anderen Krimifrauen wollte sie die Agatha-Christie-Gallery in Torquay und die Sommerresidenz der Krimi-Queen in Greenway besuchen.

Erst vor kurzem konnte endlich alles, was mit dem ehemaligen Spukhaus zu tun hatte, abgeschlossen werden.

Die Festnahme Eckardts und die Entdeckung der Schatzkammer

hatten die Zeitungen, die Polizei und vor allem die Versicherungen noch sehr lange beschäftigt. Vieles, was für immer verloren schien, war dort wieder aufgetaucht, wie zwei Golddukaten „Siegismund III. oder ein Dei Gratia Dollar von 1911, beide im Wert von mehr als einer Million, auch einige Bilder, aber leider nicht die von Stella erwarteten.

Der Wert der Schatzkammer umfasste schließlich zweistellige Millionenbeträge und brachte nicht nur die betroffenen Versicherungen und Kunstliebhaber zum Jubeln, sondern auch den *Club der kleinen Millionäre*, von denen jeder eine fantastische Belohnungssumme auf sein Fondskonto überweisen konnte, während die Krimifrauen damit ihren Idolen in England huldigten.

Auch Sophie erhielt nicht nur ihr Honorar von Frau Werner, sondern auch eine hohe Belohnung von den Versicherungen, mit denen sie seit Jahren gut zusammen arbeitete.

Dafür könnte ich einige Baby-Sitter engagieren, überlegte sie, denn irgendwann würde es mit ihrer Detektei weitergehen.

Sogar für Michaela Werner erwies sich das Spukhaus-Abenteuer als wirklicher Glücksfall, vor allem, nachdem sie den Dachboden als kleine Bar und Museum gleichzeitig ausgebaut hatte.

Jeder der dort seinen Cocktail oder seinen Whiskey trank, konnte die Fotos der Schatzkammer oder einzelner Schätze bewundern und das taten viele.

Sophie lächelte noch in Gedanken an diese aufregende Zeit, als sie das wütende Geschrei aus dem Nachbarzimmer in die Realität zurückbrachte. Sie seufzte. „Ich wünschte…"

Dann brach sie resigniert ab. Die wunderbare Fähigkeit, etwas mit ihren Wünschen beeinflussen zu können, war leider mit der Geburt der Zwillinge verschwunden.

Aber vielleicht kam ja irgendetwas Neues?

Manchmal hatte sie den Eindruck, mehr Gerüche wahrzunehmen, als andere.

Während sie den kleinen Schreihals beruhigte, überlegte sie.

Hatte nicht Miss Marple eine Tante, die riechen konnte, wenn jemand Lügen erzählte?

Sie lächelte, auch mit dem Blick auf die Zwillinge.

Na, das konnte ja heiter werden!

- Schluss -

Von der Autorin sind im BoD-Verlag bereits erschienen:

- Der Club der kleinen Millionäre
  Coole Kids und der clevere Umgang mit Geld

- Die dicke Friederike
  Von Pfunden, Freundschaft und Hunden

- Immer wieder aufstehen!
  Kurzgeschichten zum Mut machen

- Die Silver Girls
  65 – Na und!

- Das Monster im Schrank
  Wenn Kinder Angst haben

- Das gibt es doch nicht!
  Unmögliche und fantastische Geschichten 1

- Das ist wirklich das Allerletzte!
  Unmögliche und fantastische Geschichten 2

- Jetzt ist aber Schluss!
  Unmögliche und fantastische Geschichten 3

- Alles auf Anfang!
  Unmögliche und fantastische Geschichten 4

- Die Weiberwirtschaft
  Frauenpower im Mühlengrund